# ベルナのしっぽ

郡司ななえ

角川文庫　12384

# ベルナのしっぽ　目次

## 四章　みんな家族



## 五章　二人はきょうだい

イラスト／きたやまようこ

# プロローグ──お母さんになりたいな

結婚式《けっこんしき》の朝です。

といっても、犬と人間の結婚式なのです。

盲導犬《もうどうけん》の訓練所・アイメイト協会では、訓練生が初めて盲導犬と出会う儀式を「結婚式」と呼んでいます。

不安で朝食もノドを通らないまま、私はこの結婚式にのぞみました。これから盲導犬の訓練を受けようとしている私でしたが、実は犬が大嫌《だいきら》いでした。犬と思っただけで私の胸は、どうしようもなくドキドキするのです。

昨日、この協会の玄関《げんかん》に入ったとき、訓練を受けようとする決意などは、どこかに吹《ふ》きとんでしまいました。協会の建物の中は犬のにおいがしました。なんとなく犬の気配も感じます。胸のドキドキが一段と高くなります。犬嫌いの私が盲導犬の訓練を受けようなんて、やはり間違《まちが》っていた。無《む》謀《ぼう》なことだった。なぜこんなところに来たんだろう。来なければよかった……。

大きな後悔《こうかい》がおし寄せました。

いよいよ式が始まります。四つのイスが少し距離《きより》をあけて並べられました。これから訓練を受けようとする私たちに、一頭ずつ犬が紹介《しょうかい》されて、引き渡《わた》されていくのです。

それぞれの犬の名前、色と種類、性別、生年月日、大きさを、理事長の塩屋《しおや》賢一《けんいち》先生が順番に説明します。そして指導員の先生が一頭ずつ手渡していきます。

「ヒャー」とか「オー」とか、少し興奮気味のうれしそうな声がしています。

三人の仲間に犬が渡されて、とうとう私の番になりました。私の胸は、いてもたってもいられないほど、不安と心細さでドキドキです。

指導員の先生が一頭の犬を私の前に連れてきました。大きそうな犬です。「ハアハア」という息づかい、足をバタバタさせている気配で、それとわかりました。うれしいのか、しっぽをブンブン振《ふ》っています。それが私の体に遠慮《えんりょ》なく当たります。

「郡司《ぐんじ》さん、ベルナです。黒のラブラドール種、メス、昭和五四年一〇月二八日生まれ、一歳《さい》六カ月、現在の体重は二七キロ、大型犬です。『ベルナ、カム』と呼んでください」

塩屋先生が私の横で言いました。

「……べ、ベルナ、カム」

緊張《きんちょう》しすぎて口がこわばり、頭のてっぺんから出たような、調子はずれの声がとび出しました。

指導員の先生から、犬の引き綱《づな》が私の手に渡されました。

「ベルナ、ベルナというのね。よろしくね」

私の口の中は、水分が一滴《いってき》もないほどカラカラでした。

ほんとうに私は犬が嫌いでした。それも嫌いで嫌いで、たまらないくらい嫌いだったのです。

それはまだ幼稚園《ようちえん》に通っていたころのことでした。

私が育ったところは、雪のたくさん降る新潟県の田舎《いなか》です。毛糸の帽子《ぼうし》とオーバーを着た私が、肩《かた》からお弁当箱の入った袋《ふくろ》を下げて歩いていきます。

横なぐりの吹雪《ふぶき》の日です。幼稚園に向かう朝の道です。

駅前通りに出る道にさしかかったところで、ピタリと足が止まりました。積み上げられた雪の固まりの中から、とつぜん犬が出てきたのです。

駅前のホームラン食堂のおばさんが飼っている犬です。おばさんがいつも食堂の残飯を与《あた》えているので、その犬は丸々と太って大きいのです。

私とその犬の目が合いました。

次の瞬間《しゅんかん》、あっという間もなく犬は飛びかかってきました。道路に尻《しり》もちをついた私にのしかかってきます。大きな口が、赤い舌が、目の前にありました。「ハアハア」という荒《あら》い息が、生臭《なまぐさ》い息が、私の顔にかかります。

恐《おそ》ろしさのあまりに、気が遠くなっていきました。

ふと気がつくと、男の人に抱《だ》き起こされていました。私は「わっ」と泣き出しました。その人は「大丈夫《だいじょうぶ》、大丈夫だからね。犬はもういないよ」と、やさしく言ってくれました。ほんとうにすべてが夢の中の出来事だったように、犬はどこにもいませんでした。

でもそのときに味わった恐ろしさは、深く心に焼きついてしまいました。そしてその記憶《きおく》は、いつまでも消えることはありませんでした。

犬は怖《こわ》い。

この思いは、ずっと尾《お》を引いて、心の奥底にとどまったのです。

だから大人になった今でも、私にとってやはり犬は大の苦手で、大嫌いな動物でした。

二七歳で病気のために目の見えなくなった私でしたが、盲導犬といっしょに暮らそうなどということは、一度も考えたことがありませんでした。

どんなに不自由でも、白い杖《つえ》をついて歩いていました。

実際には、私のように大人になってから目の見えなくなった中途《ちゅうと》失明者にとっては、一本の杖だけを頼《たよ》りに歩くことは、たいへんむつかしいことでした。

電柱にぶつかって大きなコブをつくったり、階段を踏《ふ》みはずして落ちそうになったり、放置自転車の群れの中に迷いこんだり。いちばん危なかったことは、車道にとび出してしまい、走ってきた車にひかれそうになったことでした。

だから私は、白い杖をついての一人歩行には、自信が持てませんでした。

そんな私でしたが、ひそかに大きな夢を抱《いだ》いていました。それはお母さんになりたいということでした。

あるとき、夫の幸治《こうじ》さんに話してみました。幸治さんも、三歳《さい》のときに失明した視覚障害者です。

「それはいい。ぼくたちに子供ができるなんて、すてきだ！」

答える声もはずみます。そして夢は、私たち二人のものになりました。

私は思います。

目の見えるお母さんのようになりたいな。赤ちゃんを胸に抱き、背中におんぶしながら、自分の手で育てるお母さんに。

でも、こんなに白い杖での一人歩行が下手くそで、そういうお母さんになれるだろうか？

私はふくらんでいく夢の中で真剣《しんけん》に考えました。

お母さんになったら……。そうだ、おしめを取り替《か》えるなあ。うんうん、それはできる。おっぱいも飲ませるなあ。それも簡単だわ。おふろにも入れてやらないと。でもまあ、それもなんとかできそうだわ。まてよ、赤ちゃんは病気をするなあ。そんなとき背中におんぶして、病院に一人で行けるだろうか？

ふくらんだ夢の世界は、みるみるうちにしぼんでいきました。下手な白い杖での一人歩行では、病気でぐったりした赤ちゃんをおんぶして、病院にかけつけるなどは、とてもできそうにありませんでした。よく考えてみれば、背中におんぶして買い物に出かけたり、保健所に出かけたりもしなければならないのです。階段などで一度でも転べば、赤ちゃんは大ケガをしてしまいます。

ああ、だめだ。全然だめだー！

どう考えてみても、白い杖一本で、目の見えるお母さんのような子育てなど、できそうにありませんでした。

ある日のことです。絶望的な思いの中に、一つの考えがひらめきました。

盲導犬《もうどうけん》は、どうだろうか？

盲導犬のことは、それがどんな犬であるかを、私は知識として知っていました。

しかし、私にとって犬は大嫌《だいきら》いな動物で、とてもとても苦手なのです。

とまどい、ためらい、迷いました。

でも、お母さんになりたい、どうしても子供が欲《ほ》しいという思いは、犬は怖いという記憶に打ち勝ちました。

ついに私は、一大決心をしたのでした。

東京の練馬《ねりま》にあるアイメイト協会に電話をかけました。

「もしもし、あの、犬が嫌いでも、盲導犬を使うことができますか？　訓練を受けることは大丈夫ですか？」

電話の向こうは、理事長の塩屋賢一先生です。塩屋先生は、日本で初めて盲導犬の訓練を始めた人なのです。

「大丈夫だよ。このあいだね、ぬいぐるみの犬さえいやだ、さわれないっていう人が、ちゃーんと訓練を終えて、犬といっしょに帰っていったよ。あなたは、ぬいぐるみの犬はどうですか？　さわれますね。それなら大丈夫」

話し終わって、電話を切った私は、なあんだと思いました。そして深く息を吐《は》きました。心の底からホッとしたのです。

そして、盲導犬の訓練を受けてみようと思いました。盲導犬とパートナーを組んで、赤ちゃんを育てようと考えたのでした。

訓練を受けにきたほかの三人は、みんな思い思いに犬の頭をなでたり、名前を呼びながら、毛なみの感触《かんしょく》を楽しんだりしています。

「ひゃあ！　顔をなめられてしまった。大きな舌なんだなあ」

などと、うれしそうに言っている人もいました。

私もなんとかして頭をなでなければと思うのですが、なかなか勇気が出ません。やっとの思いで、おそるおそる右手の人差指を一本だけ出してみました。ほんとうに気持ちが動転していて、手のひらで犬の頭をなでることさえ忘れてしまっていたのです。

指導員の先生が「そこは顔ですよ」と言いました。すると私は、あわてて指を引っこめました。

「郡司さん、あなた、ベルナの口の中に手を入れてごらんなさい」

塩屋先生の声がかかりました。

私はびっくりしました。頭さえなでられないものが、どうして口の中になど手を入れることができるでしょうか。雪の上にたおれたときに、目の前に大きく開けられたあの口の中にです。

「できません……」

私は答えました。

「できない？　あなた何をするためにここに来たのですか？　すぐに荷物をまとめて帰りなさい！」

先生の怖《こわ》い声が追いかけてきました。

時間がすべて止まったような瞬間《しゅんかん》です。

私は泣きそうになりました。怖くて怖くて、犬の口の中になど、どう考えても手を入れることはできません。でも、それができないといって、このまま荷物をまとめて家に帰ることもできないのです。なにしろ今度帰ってくるときには、盲導犬といっしょだからねと、幸治さんに言いきって来たのですから。それになんといっても、視力のない私が赤ちゃんを育てるには、盲導犬の力を必要としていたのです。

私は、ギュッと目を固くつむりました。息を止めます。

喰《く》いちぎられて指がなくなっても、かまうものか。もうあとには引けないのだから。

えい、やあ！

引き綱《づな》を持たない右手を、ベルナの口の中につっこみました。

ゆっくりとしたテンポで、ときが流れていきます。

あれ？

不思議な気持ちがして、私は我にかえりました。手を口の中につっこまれたベルナは、驚《おどろ》いた様子もなく、目の前の私を見上げているようです。

えー!? 普通《ふつう》の犬とは、違《ちが》うんだなあ。

我にかえっていちばんに思ったのは、そのことでした。

それに犬の口の中って、なんて温かで気持ちがいいんだろう。固くて健康そうな歯があります。生ハムのようなぶあつい舌があります。

そっと手を口の中から出しました。指を折ったり伸《の》ばしたりしてみました。痛くもなんともありません。血が流れている様子もありません。

塩屋先生が私のその手を持って、ベルナの頭の上に置きました。そして先生は、自分の手をその上に重ねて、私の手をやさしくなでてくださいました。

「ベルナ、一生懸命《けんめい》にがんばるからよろしくね」

張りつめていた気持ちがやわらかくほぐれて、私の胸いっぱいに熱いものが広がりました。私を見上げていたベルナも、うれしそうにバタバタとしっぽを振《ふ》って、体をすり寄せてきます。

ベルナの心に初めてふれたひとときでした。

# ◦──一章　心を通わせて──◦

「グッドグッド」

翌日からいよいよ本格的な訓練が始まりました。

スタートは服従訓練のやり方です。グランドに出て、先生の指示通りにベルナに命令をするのです。

機敏《きびん》に行動できたときには、頭をなでながら「グッドグッド（よしよし）」とほめます。

でも、少しでも命令に従わないときには、チョークといって「ノー（いけない）」と言いながら、引き綱《づな》を瞬間的《しゅんかんてき》に思い切り引くのです。

「カム（おいで）」

「シット（おすわり）」

「ダウン（ふせ）」

うしろに先生がいるのを十分に意識しているベルナは、あっけにとられるほど私の発する命令に従います。あまり機敏に従うので、私は驚《おどろ》いてしまい、そして少しうれしくなってきました。

これからは、路上訓練に出る前に必ず、この服従訓練を毎回するのだと、先生が言われました。

「ほめるときには、グッドグッドと言いながら、よくやってくれた、ほんとうに助かったよと、いっぱい頭をなでてやってください。そのかわり、命令をしても機敏に行動しないときは、きつく叱《しか》らなければなりません。瞬間的に首をしめるチョークで、犬が呼吸困難を起こすなどということは絶対にありませんから。ほめることも叱ることも、とても大切なのです」

その注意を私は感心して聞きました。そして、そうか、叱ったりほめたりするときには、めりはりをつけなければ犬に伝わらないんだわ、と納得《なっとく》しました。

犬が盲導犬《もうどうけん》として仕事をするときには、ハーネスという胴輪《どうわ》を必ずつけます。このハーネスの動きで、目の見えない人間と犬とが気持ちを通わせるのです。

ベルナにもハーネスをつけました。

私の左側に、ベルナはハーネスをつけて立ちました。引き綱とハーネスのハンドルを、私の左手はしっかりと握《にぎ》ります。

人と犬とが、必ず同じ方向を向いていなければなりません。

最初は、うしろから与《あた》えられる指導員の先生の指示通りに命令をします。

路上訓練の最初、「ゴー（前進）」という命令でベルナは歩き始めました。私もハーネスと引き綱を左手にしっかり握りしめ、ベルナの動きに必死についていきます。

でも雲の上を歩いているような気持ちがして、フワフワと足元が落ち着きません。それにベルナの歩くスピードは、思ったよりもずっと速いのです。

「もっとハーネスの動きについていって。体が離《はな》れているよ」

先生の声がうしろから飛んできます。

犬と一体になって歩くことが頭ではなんとかわかっていても、実際にはなかなか思うようには行動できないのです。敏速《びんそく》に行動する前に、私にはどうしてもためらいが起きてしまいます。

もっとハーネスの動きについていかなければ、ダメ。

犬より体を前に出しては、ダメ。

ハーネスのハンドルを押しては、ダメ。

ハンドルを勝手に引っ張っては、ダメ。

それはもうたくさんの注意です。

ベルナ自身も、それまで指導員の先生が主人だと思いこんで、盲導犬になるために何カ月も訓練に耐えてきたのです。それが突然《とつぜん》、変な女の人が現れて自分に命令をするのです。この人なんだろうというように、ときおり不思議そうな顔をして私を見つめているようです。

決められたコースを歩き終えて、協会の玄関《げんかん》の前にたどりつきます。

「ドア」

その言葉でベルナは、ドアノブに自分の鼻をつけます。

「ドアノブ、グッドグッド」

ベルナの頭をなでながら、よくやってくれたね、助かったよとほめていると、背後から先生の声がかかります。

「おつかれさまでした」

その言葉で、訓練から解放されるのです。

「どうもありがとうございました」

と言いながら、決まってフッとため息が自然にもれます。

ああ今回もうまくいかなかった。なかなか思うようには歩けないなあ。

四週間の訓練の日々のなかで、ベルナとなんとか心を通わせて、私が主人なんだということを認識《にんしき》させ、納得させなければなりません。

でも、なかなか思うようにはいかないのです。

犬と心を通わせながら、一体になって歩くむつかしさやたいへんさを、思い知らされる毎日でした。

## おまじない

最初の一週間は無我《むが》夢中で過ぎていきました。午前一回、午後一回の路上訓練では、頭が混乱してしまいそうなほど先生にたくさん注意されます。

それは反省するというよりも、ああ、どうしてできないんだろうかと、自己嫌悪《けんお》におちいってしまうほどなのです。

それになんといっても問題なのは、私が大の犬嫌《いぬぎら》いだということです。

嫌いということは、すでにベルナに心をとざしているということです。

これではいけない、だから訓練がなかなか思うようにいかないんだわと、私は思いました。

それで、朝夕自分におまじないをかけることにしました。

ベルナは犬じゃないわ。私の大切なパートナーよ、と。

でも、どうしてもベルナより体が前に出てしまい、ベルナの足をいやというほど踏《ふ》みつけてしまったりします。街路樹や放置自転車、看板などがあっても、ベルナは自分だけ体をよけて、私をぶつけてしまいます。なかなか私とベルナの二人の息があわず、さんざんなことばかりで、毎回協会の玄関にたどりつくのです。

ある日、訓練の途中《とちゅう》で雨が降ってきました。みるみるうちに雨足が強くなってきて、ザンザン降りになってしまいました。

私もベルナも、頭から水をかぶったようにずぶぬれです。

それでも訓練を途中でやめたりはしません。

玄関にたどりついたときには、私もベルナも、そして先生もずぶぬれでした。

おつかれさまでしたと言いながら、これでふいてやってくださいと、先生からタオルを渡《わた》されました。

部屋に入ってハーネスを取るなり、私はベルナの体をふき始めました。髪《かみ》の毛からも着ている服からも、水がしたたり落ちているのもかまわずに。

「雨のなか、よくがんばって歩いたね。えらかったよ。しっかりふかないと、カゼをひいてしまうからね」

そんな私の様子を、ベルナはじっと見つめているようでした。

次の日は雨もあがり、朝からとてもよいお天気です。

でもこういう日は、特別な障害物が路上に増えるのです。

それは、歩道いっぱいに広がった水たまりです。突然にできたこの障害物を、どうやって心を通わせ、協力しながらよけて歩いていくかが課題なのです。

まず、午前の訓練です。ベルナは水たまりを前にしても、なんのためらいもなく私を歩道の車道よりに誘導《ゆうどう》していきました。当然のように、自分は水たまりをよける位置で直進していきます。だからベルナの足はぬれません。

だけど、私の足は水たまりをジャブジャブ歩くことになりました。もちろんチョークして、きつく「ノー」です。

叱《しか》られたベルナは、一瞬《いっしゅん》、「えー？」と言うように、私の顔を見上げました。

そして次に、水たまりに入っている私の足も見ました。

ベルナは、「いけないいけない、ついウッカリしてね」と言いたげに、私の太ももを鼻の先でつつきました。そしてバックの指示で水たまりの前に戻《もど》りました。やりなおしです。

二回目です。ベルナは少しためらっていましたが、先ほどよりもずっと歩道の際《きわ》まで誘導していきます。

ベルナは、車道とのぎりぎりのところを慎重《しんちょう》な足どりで歩きます。私もその動きに、やはり慎重な足どりでついていきます。ベルナより前に出てストップをかけないように、ハーネスを押さないようについていきます。

こうして歩けば、どちらの足も水たまりに入らずにすむのです。うまくよけきって歩き終わりました。

「とてもうまくいきました。ベルナをうんとほめてやってください」

背後から先生の声がかかります。

その声もはずんでうれしそうです。

「ベルナ、えらかったね、よくやったよ。グッドグッド」

私は両方の手で、ベルナの頭をいっぱいいっぱいなでました。ベルナも大きくて太いしっぽをブンブン振《ふ》ってうれしそうです。

その日の午後の訓練です。また水たまりのところまで私とベルナはやってきました。

ベルナの足は、急にゆっくりと慎重になりました。ずっとずーっと、車道ぎりぎりのところまで私を誘導していきました。そしてチラリと私の顔をふりあおぎます。まるで「いいですね、行きますよ」とでも言うように。

そのベルナの細かな動きは、ハーネスの動きで私の手に伝わるのです。

いいよ、大丈夫《だいじょうぶ》だよ。ちゃんとついていくからね。

私もベルナの方を見ながら軽くうなずきました。

一歩一歩が慎重になりました。私もそれについていきます。

水たまりをよけきってみごとに通過しました。私は「ベルナ、グッドグッド」と言いながら、思わず胸にその頭をかかえこんでいました。胸いっぱいに温かなものが広がり、あふれる思いがありました。それが涙《なみだ》となってこみあげてきます。

初めてベルナと心を通わせることができたのです。

心を一つにして行動できた喜びと感動を、私は実感として味わうことができたのです。

## 幻《まぼろし》のコース

次の週、コースが進みました。今度は歩道橋がコースの中に入ってきました。

歩く前には、必ずミーティングがあります。コースの説明が先生からあって、地図をしっかり教えられます。

納得《なっとく》できるまで質問を重ねて、説明を受けるのです。

しっかりと地図を頭に入れて、さあ出発です。

歩いていき、もうそろそろ歩道橋だなと思う地点までやってきました。

「ブリッジ（階段）」

私は指で示しながら言いました。歩道橋を見つけたらしく、ベルナの足は力強く自信にあふれています。歩くテンポも少し速くなりました。そして一段目に前足をかけて止まりました。私も右の足を一段目に乗せて、ならんで立ちました。

「ベルナ、よくやった。えらかったね。階段をよく探し当ててくれたね。助かったよ。グッドグッド」

私は、歩道橋の階段を足でトントンとたたきながら言いました。

そうしたらどうでしょうか。それに答えるように、ベルナは体いっぱいでしっぽをブンブン振ったのです。

「ばんざーい！」

ベルナとしっかり心が通じたのです。

私の喜びが、ベルナの喜びにもなったのです。

コースはどんどんと進んでいきました。そして一つのコースが終わるたびに、テストが繰《く》り返されます。

コースが進むにつれて、内容の濃《こ》い、むつかしい課題が増えていきます。歩車道の区別のない、しかも車が激しく行きから道を歩いたり、電柱や路上に置いてあるものを、まるで障害物競走のようによけながら歩いたり。

そして、私とベルナはテストを次々にクリアしていきました。

バスに乗る訓練も、電車に乗る訓練も、エスカレーターに乗る訓練も受けました。

「幻のコース」と名付けられているコースのテストも受けました。

そのコースというのは、今まで一度も歩いたことがない道を、地図を教えられただけで行って帰ってくるのです。

私たちは、そのテストも無事に通過しました。

## 卒業テスト

さあ、いよいよ卒業テストです。

その日は、朝からよく晴れていました。

午前中、「シャンプーをします」と日課の説明がありました。シャンプーをして、四週間の汚《よご》れを落とすのです。

いつもより念入りにブラシをかけて順番を待ちます。名前を呼ばれて、事務所の奥《おく》に先生の誘導《ゆうどう》で行ってみると、小さな浴槽《よくそう》が置いてありました。

その中にベルナを入れます。体重が二七キロもあるベルナを抱《だ》きかかえて入れるのは、ちょっとたいへんです。シャワーの湯をベルナの体にジャブジャブとかけていきます。

体がすっかりぬれたら、シャンプーをまんべんなくふりかけて、手のひらでゴシゴシこすってやります。

背の低い私は、足元に置いてもらった踏《ふ》み台の上に乗って、中腰《ちゅうごし》になっての作業です。腰が痛くてたまりません。それにベルナのシャンプーのはねかえりやら、シャワーのはねた水滴《すいてき》やらで、Tシャツとジーパンがぬれて体にはりついています。

それもかまわずにベルナを陽《ひ》の当たる場所に連れていって、今度はタオルとドライヤーで乾《かわ》かすのです。地肌《じはだ》の毛から乾いてくると、体全体の毛がフワッと立ったようになります。汚れがすっかり落ちたということが、私の手にも感触《かんしょく》としてわかります。

どの犬もパートナーにシャンプーをしてもらい、四週間の汚れをすっかり洗い落として、さっぱりした様子です。

さあ銀座に向けて、最後の卒業テストに出発です。

先生に背後から指示を与《あた》えてもらいながら、銀座・和光の歩道に立ちました。ここがスタートラインです。事前にミーティングで教えられた地図に従って、それぞれこの銀座の人ごみの中を、ゴール地点の三越《みつこし》デパートの正面玄関《げんかん》の前まで歩くのです。

私にとっても、目が見えなくなってから初めて来た、久しぶりの銀座です。耳の中にとびこんでくる街のにぎわい。その雰囲気《ふんいき》に胸がドキドキワクワクして、少し興奮気味です。ベルナも、ものめずらしそうにキョロキョロとして、落ち着かない様子です。

スタートラインにつきました。落ち着かないベルナに先生が小声で言いました。

「チョーク」

私にチョークされたベルナは、一瞬《いっしゅん》のうちに自分が盲導犬《もうどうけん》であることを自覚したのか、シャンとしました。

「がんばってね」

いくつかの声に送られて出発です。

私は頭に入れた地図を思い出しながら、そして左横を歩くベルナの様子をうかがいながら、一歩一歩踏みしめるように歩きました。ベルナの歩き方も快調です。

ベルナとの世界がこうして始まるのだと思うと、あふれる感激で胸がいっぱいです。

「あら見て、盲導犬よ」

「まあ、かわいいのね。でも、けっこう大きいのね」

「ほらほら、ワンちゃんが通るんだから、道をあけてあげなさい」

「盲導犬でしょう。大丈夫《だいじょうぶ》よ、ちゃんとよけて歩いてくれるらしいわよ。ほらほらね、見てごらんなさい」

いろんな声が聞こえてきました。

でもどの声も、そして肌に感じるどの視線も、みんな好意的でした。

いくつかの信号を直進して、どんどん前に歩いていきました。

いよいよ、銀座中央道路を横断して向かい側に渡《わた》らなければなりません。

それには、横断歩道を見つけなければならないのです。

訓練で教えられたとおりに、まずストレートコーナーで、直進する方向の横断歩道の前に立ちます。それから少しバックをして、レフトコーナーで目的の横断歩道の前に立つのです。

渡り終わったら、また車の流れを右側に聞きながら、ゴール地点を目指してひたすら歩きました。

さあ、いよいよもうすぐゴールだよと、ベルナに話しかけながら歩いていくと、声がかけられました。

「合格、おめでとう」

塩屋先生や、何人もの指導員の先生の握手《あくしゅ》の手が伸《の》びてきました。

「ベルナ、合格したんだよ！　私たちは最後の卒業テストも無事に通過したんだって！」

私は、叫《さけ》び出したくなる気持ちをぐっと抑《おさ》えて、かたわらのベルナの頭を静かにやさしく、いっぱいなでてやりました。この感動はベルナと私の二人のものだと思ったのです。

お祝いの席が、近くのインドレストランに設けられていました。私にとって少し苦手なカレーです。でも合格した喜びと満足感で、とてもおいしく食べることができました。そして、そのあとに出たあまいインドティーのおいしかったこと。

お祝いの席でも、おいしいものを食べているのは、テーブルについている人間ばかりです。盲導犬たちはそれぞれの満足感にひたりながら、じっと主人の足元で、食事の終わるのを待っているのでした。

次の日は、忙《いそが》しく一日が始まりました。

朝一〇時の卒業式の前に、帰るための荷造りをすませなければなりません。ベッドの横にチェーンでつながれたベルナは、せまい部屋の中をあっちに行ったり、こっちに来たりしている私の様子を、ひまそうに眺《なが》めているようです。ベルナの首が動くたびにチェーンの音がするのです。

いよいよ卒業式が始まりました。

塩屋先生から、一人ずつ盲導犬使用者証が手渡されます。

「おめでとう」

大きくて温かな先生の手が、私の手をつつみます。

「よかったね、あのとき荷物をまとめて帰らなくて。ほんとうによかったね」

「ええ、ほんとうに。ありがとうございました」

答える私の声は感激の涙《なみだ》でぬれています。

「ベルナをかわいがってやってくださいね。でも、あまやかしてはいけませんよ。その点を間違《まちが》えないように。そして新しい世界に挑戦《ちょうせん》してみてください」

私の胸に大きな世界がはてしなく広がりました。

新しい世界、なんてステキな！

私はその言葉を深く心の奥《おく》でかみしめました。

いよいよ出発のときです。

玄関《げんかん》にならぶ塩屋先生ご夫妻、指導員の先生方に見送られて、一人ずつパートナーといっしょに帰っていくのです。

「さようなら、元気でがんばるんだよ。何かトラブルがあったら、必ず協会に連絡《れんらく》をしてください」

「ありがとうございました。お世話になりました。さようなら」

私は胸をはって歩き出しました。

ベルナの胸の白いプレートが光ります。

「ベルナ、さあ帰るんだよ。あなたが住む町に、あなたが暮らすお家に」

# ——二章　初めての町で——

「盲導犬《もうどうけん》って？」


「ベルナ、ここが今日からいっしょに暮らす町なんだよ」

電車を降りた私は、ホームを歩きながらベルナに話しかけます。

見上げるベルナは少し緊張《きんちょう》しているみたいです。ハーネスの動きで私は
そう感じるのです。

「大丈夫《だいじょうぶ》よ」

私は、ベルナにやさしく微笑《ほほえ》んでみせました。

ホームの階段を降りたところで、私は前方を指で示しながら言いました。

「改札ドア」

ベルナは改札を見つけたらしく、力強く歩き出しました。キップを渡《わた》そうとすると、駅員さんから声がかかりました。怖《こわ》そうな声です。

「困るよ、こんな大きな犬を電車に乗せてきたりして。いったいどこから乗ってきたの」

「盲導犬なのですが……」

「盲導犬って？」

駅員さんは、盲導犬を知らないようです。

人が集まってきて、遠まきに見ています。口々に話している言葉が聞こえてきました。

「ああ、あれが盲導犬か。そういえばテレビでやっていたなあ」

「盲導犬ってなに？　普通《ふつう》の犬と同じに見えるけど」

「いやいやあれは、目の見えない人を引っ張って歩く犬なんだよ」

「あれがねー、でもでかいなあ。引っ張ったらすごい力だろうね」

そうなんです。昭和五六、七年の盲導犬に対する人々の理解は、この程度のものだったのです。私とベルナが暮らそうとしている町の人たちも、盲導犬を見たことがなかったのです。そしてほとんどの人が、盲導犬がどんな犬であるかさえ知らないのです。

私は駅員さんに一生懸命《けんめい》に説明しました。盲導犬がどんなにたいへんな訓練を受けてきたかを。そしてどんなに優秀《ゆうしゅう》な能力を持っているかを。それに盲導犬の乗車は許可されているはずだとも。

家への道を歩きながら、私はベルナに話します。

「ベルナ、これからたいへんだわ。でもどんなことがあっても、負けないでがんばろうね。話せばたいていのことはわかってもらえるはずだから」

# ワンとツー

私は玄関《げんかん》のドアを勢いよく開けました。

「あなた、ただいま。ベルナといっしょに帰ってきたのよ。今日からベルナは、郡司ベルナになるのよ」

台所のすみ、寝室《しんしつ》に入るふすまの前が、ベルナのハウスと決まりました。

夫の幸治さんが、ふろ用のスノコをまず床《ゆか》に置いてから、その上にカーペットをしきました。そしてその動作のすべてを見ていたベルナに言いました。

「さあ、いいぞ、ベルナのハウスだ」

こうして郡司ベルナの生活が始まりました。

朝、ハウスで目が覚めると、まず私に呼ばれます。食器に牛乳水が用意されています。水がカップに何杯《なんばい》、そして牛乳がどれだけと決めているので、いつでも同じ濃《こ》さの牛乳水ができあがるのです。

ベルナはとてもおいしそうにそれを飲みます。飲み終わると引き綱《づな》をつけられて、私といっしょにベランダに出ます。

朝のトイレタイムなのです。引き綱を持つ私のまわりを「ワン、ツー」のかけ声でクルクル回ります。ときおり、植木鉢《うえきばち》の花の中に顔をつっこんで叱《しか》られたり、プランターの土のにおいをクンクンかいだりしながら。

ワンはオシッコ、ツーはウンチのことです。

ベルナはツーの出方があまりスムーズではありません。それで毎朝起きがけに牛乳水を飲ませることにしたのです。

「ワン、ツー」と私が声をかけます。さあここでオシッコを、ウンチをしてもいいんだよというかけ声なのです。

引き綱を持たれたベルナは、クルクルとベランダを回っていましたが、やがて用をたし始めます。そのときの腰《こし》の曲がり方で、それがワンであるかツーであるかを私は判断します。

ツーの排泄物《はいせつぶつ》を始末してベランダに水をまいて掃除《そうじ》をするのを、ベルナはいつも畳《たたみ》の上にシットの姿勢で乗り出すようにして見ています。

「さあ終わった。きれいになったよ」と、部屋に入りながら声をかけると、ヤレヤレというようにしっぽをバサバサ振《ふ》るのです。

ツーの後始末を幸治さんがすることがありました。ベルナはきれい好きなので、きちんと始末していないと満足できません。ツーの取り残しがあったり、水をまいて掃除をしなかったりすると、「フンフン」と、決まって不満げに鼻をならします。

掃除をすませた幸治さんが、ふざけた調子でベルナに言いました。

「さあ現場監督《かんとく》さん、これでいいですか？」

ベルナはいつものように体を乗り出すようにして、掃除をしている幸治さんの様子を眺《なが》めていたのです。

## しつこいのは嫌《きら》い

朝食をすませて、お弁当を黒いショルダーバッグに入れた幸治さんが、仕事場のハリ治療室《ちりょうしつ》に出かける時間になりました。バス停までベルナと私は、幸治さんを見送りながら朝の散歩に出かけます。

「バスストップ（バス停）」

このへんがバス停だと思えるあたりまで行くと、前方を指差しながらべルナに言います。バス停の標識を見つけたベルナの足どりは軽快です。

幸治さんの乗ったバスを見送ったあと、私はベルナをアパートの塀際《へいぎわ》につなぎ、ブラシをかけてやります。道を行く人が、

「まあ、気持ちよさそうね。よいお天気ですね」

と、声をかけて通り過ぎていきます。

私はブラシをかけながら、ベルナに話しかけます。「さあ、ベルナ、今日はどこへ行ってみようか」と。

私は歩くことが楽しくてたまりません。ベルナといっしょならどこへでも自由に行けると思うと、自然に心がウキウキするのでした。だから毎日、なにかと用事を作って出かけていました。

訓練から家に戻《もど》ってきた次の日、まず最初に行ってみたのが歩道橋でした。

私には少し心配なことがあったのです。協会では確かにベルナは命令をよく聞いてくれました。しかしそれは、常に指導員の先生が私のそばにいてのことでした。

家に帰って私と二人だけになっても、ベルナはほんとうに言うことを聞くのだろうか。こんな大きな犬が好き勝手なことをやり始めて、コントロールがきかなくなったらどうしよう……。

そう思うと、とても不安になってしまいます。

もともと犬が嫌いだった私は、まずそれを確かめずにはいられません。

目の見えない人間が盲導犬《もうどうけん》と歩くとき、たんに犬が道案内をしてくれると思いがちですが、それは違《ちが》います。

歩いていく道筋の地図は、しっかりと目の見えない人の頭に入っていなければならないのです。そして、その角を右とか左とか、または直進するとかを、指と言葉で指示するのです。

道を駅の方角に歩きながら、このへんだなと思える場所で「ブリッジ(階段)」と言いました。

ハーネスを持つ私の左手に、確実で軽快なベルナの足どりが伝わってきます。

見つけたんだ。

私はそう思いました。

ベルナは前足を歩道橋の一段目にかけて止まりました。

「おおグッドグッド。ベルナえらかったね。よく見つけられたね」

そう言いながら、ベルナの頭をなでてやります。

ベルナも得意そうに顔を上げて、大きくしっぽを振りながら答えます。

しかし、そのあとがいけません。

あまりに上手にベルナが歩道橋を見つけてくれたので、私はうれしくなって、ブリッジを探させることを何回もやってみました。

そうしたらどうでしょう。二回目まではちゃんと階段を見つけて、前足を一段目にかける姿勢で立ち止まったのに、三回目からは命令を無視するのです。

「ベルナ、ブリッジ」

私が執拗《しつよう》に命令を繰《く》り返しても、ぜんぜん歩道橋になど目もやらずに、どんどん前に行ってしまいます。

あわてたのは私です。

あんなに言うことをよく聞いたベルナなのに。おかしい、変だわ。

何回やりなおしてもだめです。私がむきになればなるほど、しまいにベルナはバックして、家の方向に勝手に歩き出してしまいました。

どうしたんだろう。ベルナがおかしくなったんだろうか？

私は途方《とほう》にくれました。次の日も、やはり二回目までは私の命令通りに階段を見つけるのですが、三回目からはどんどん前に行ってしまいます。命令などは、完全無視です。

私は協会に電話をしてみようと決心しました。その電話に塩屋先生は笑って答えてくれました。

「ベルナが『バカにするな』って言っているよ。意味もなく何回もブリッジを探すのは、ベルナにしてみたら『あきあきだよ』って言うところだろうね」

なあんだ、しつこいのはイヤって思ったのね。ベルナは自分の意志を持っているんだ。

私はすっかり感心してしまいました。

盲導犬は、どんなに主人に従順でも、決して命令に従わないときがあります。それは、命令に従うことにより、主人が危険な目にあうようなときです。

たとえば「ストレート（直進）」と命令されても、何か障害物があって、主人が危険な目にあうと判断したときには、決してその命令には従いません。

私は、前足をつっぱって、どんなに執拗に命令されても抵抗します。

私は、そんな危険な場合だけでなく、こんなときにも自分の意志をきちんと表すベルナに驚《おどろ》かされたのです。

私は思わず言いました。

「そうかあ、ベルナはしつこいのは嫌《きら》いなのか」

「そうだよ、そうなんだよ」と言いたげに、ベルナは鼻の先で私をつつきました。

## 親切な運転手さん

私たちは少しずつ歩く距離《きょり》をのばして、行動範囲《はんい》を広げていきました。私は誰《だれ》にも頼《たよ》らずに外出できるので、楽しい毎日でした。でも、いつでも楽しかったわけではありません。

役所に出かけたときです。

建物の中に入るや、受付の人が近づいてきました。

「あの、犬は建物の中に入れては困ります。外につないでおいてください」

「この犬は盲導犬《もうどうけん》です。離《はな》されてしまったら、目の見えない私は歩くことができません」

「へえこの犬、盲導犬なの？　あなたも目が見えないの？　一人でここまで来たの？　へえ、一人でねー」

その人はすっかり感心してしまったようです。

私はまた、そこでいろいろと説明します。盲導犬になるためにはたいへんな訓練をクリアしてくることを。そしてどんなに優秀《ゆうしゅう》な犬であるかを。だから絶対に人に危害を加えることはないことを。

私とベルナが暮らし始めたころ、盲導犬を受け入れる環境《かんきょう》はこんなものでした。

役所でもこうですから、街の中ではいろいろなことがありました。

レストランや喫茶店《きっさてん》では、軒《のき》なみ入店を断られました。

あるお店では、すまなそうに「でも犬だからねえー」と言われ、あるお店では、頭から「犬はダメダメ！」と怒鳴《どな》られたりもしました。

そんなとき、さすがの私もしょんぼり肩《かた》を落として、ベルナの頭をなでながら言います。

「ダメだったね。こんなにベルナはよい子なのにね」

私はベルナとバスにも乗りました。

そのころは、盲導犬をバスに乗せる場合、口輪をはめなければなりませんでした。筒状《つつじょう》になっている物を犬の口につけるのです。

でも犬にとって、それはとてもイヤなことでした。口をギュッとしめつけられて、ふさがれるのは不自由なことでした。また夏などは、汗《あせ》を出さずにハアハアと呼吸することで体温調節をする犬にとって、口をふさがれることはたいへん苦痛なことだったのです。

しかし口輪をはめるのが義務なので、ベルナも革でできた口輪をはめてバスに乗ったのです。

昼過ぎのそのバスはすいていました。乗りこむとすぐに「チェアー（イス）」と命令しました。イスを探しなさいというのです。

イスに腰《こし》を降ろしてベルナを足元にダウンさせ、ヤレヤレと思ったら、近くにいたおばあさんが、あわてて運転手さんのそばによろよろと歩いていきました。そしてなにやら話をしているようです。「大丈夫《だいじょうぶ》、大丈夫」と言う運転手さんの声が聞こえます。

「今日はこのバスに盲導犬が乗っています。ご理解とご協力をお願いいたします。十分に訓練を受けていますし、口輪もはめていますから、決して皆《みな》さまにご迷惑《めいわく》をおかけしません。バスはみんなの乗り物です。少しずつ譲《ゆず》りあって、仲よく楽しくお願いいたします」

車内アナウンスで運転手さんの声が響《ひび》きます。

「へえ、犬がいるなんて気がつかなかったよ」

男の人の声。

「まあ、おりこうそうな顔をして」と女の人。誰かが、「おばあちゃん、この犬はね、普通《ふつう》の犬とは違《ちが》うんだから、ぜんぜん心配はいらないんだよ」と言っています。

車内がなんとなくなごやかな雰囲気《ふんいき》になりました。

私はホッとしました。ベルナと暮らし始めて、最初に味わった安堵感《あんどかん》です。

いつでも私は、知ってほしい、理解してくださいと一生懸命《けんめい》でした。いつも落ち度がないように、失敗をしないように、人になにかを言われないようにと、緊張《きんちょう》してベルナと行動してきたのです。

でもこうして、なにも自分の方から積極的に言わなくても、わかってくれる人たちもいたのです。

私は胸いっぱいに熱いものがこみあげてきて、涙《なみだ》がこぼれそうになりました。

## ベルナもお客さん

それから私は、ベルナと区民センターのレストランに入ってみようと思いました。

それは新しいチャレンジでした。

レストランのドアの前に立ちます。きれいにブラシをかけたベルナといっしょです。もちろんお昼を少し過ぎた、人のまばらな時間をみはからっています。

「とにかくレジの前を呼び止められないで、通過していくことよ。無事にテーブルにつけば、半分は成功したようなものなのよ」

何年も盲導犬《もうどうけん》と暮らしてきた人に教えられた秘訣《ひけつ》でした。

自動ドアを入ったところで、「チェアー」と小さな声でベルナに言いました。最初の関所のレジが、すぐ近くにあるはずです。私の胸はドキドキです。

ベルナはうまく私をイスへ誘導《ゆうどう》していきます。

腰をかけてテーブルの下にベルナをダウンさせたら、お店の人が近づいてきました。

「犬の入店はお断りしていますので」

さあ、ここをなんとか切り抜《ぬ》けなければ。

私はにっこり笑って言いました。

「この犬は盲導犬です。絶対にほかのお客さんにご迷惑をおかけすることはないと思いますが、もし犬が原因でトラブルを起こしたときには、たとえ食事が終わっていなくても、必ず代金を払《はら》って出ますから。ここは区の建物ですし、私はお腹《なか》がすいているので、今回は食事をさせてみてください」

お店の人はしぶしぶでしたけれど了解《りょうかい》してくれました。

これで自信のついた私とベルナは、また新たなチャレンジを試みようと決心しました。

外出しての帰り道です。そのお店の前を通ると、いつもコーヒーのいい香《かお》りがしていました。だからそこが喫茶店《きっさてん》であることは、以前から知っていました。

その日は、用件が思いのほかに長引いて疲《つか》れていました。

その店の前を通りかかりました。やはりコーヒーのいい香りがしていました。私はその香りに引きこまれるように、思わずベルナに「ドア」と言っていました。店の中に入ろうとすると、あわてたように足音が近づいてきました。

「ごめんなさい。犬はお断りしているもので」

「盲導犬なんですけれど、ダメですか……」

思わず私の声も小さくなります。

「ほかのお客さまにご迷惑《めいわく》をおかけしても。それに犬が嫌《きら》いっていう人もいますからね」

疲れていた私は、その日はもうそれ以上、わかってもらおうと説明する元気も勇気もありませんでした。

そうですか、残念ですけれど、と言いかけると、店の奥《おく》から声がかかりました。

「マスター、心配ないよ。この犬は大丈夫《だいじょうぶ》なんだから。オレも犬はあんまり好きじゃないけれど、これは普通の犬じゃないんだからさ」

様子を眺《なが》めていたらしいお客さんの一人が、見かねて声をかけてくれたのでした。

「テレビで見たけれど、ほんとうにおりこうなのよ。ペットとはぜんぜん違うのよね。感心したわ」

別のお客さんも声をかけてくれます。マスターがニコニコした声で言いました。

「ワンちゃんもお客さまだね。じゃあ、どこの場所がいいかなあ、この窓側がいいね。今度からこの場所をワンちゃんの席に決めようね」

私はゆったりとした気持ちでコーヒーを飲みました。ベルナも満足そうにテーブルの下でダウンしています。

それは、とってもおいしい一杯《いっぱい》のコーヒーでした。

少しずつでしたが、ベルナとの生活がこの町に根づいているという実感が私にはありました。周囲の人たちも、盲導犬のベルナが目の見えない私にとっていかに大切な犬であるかを、説明しなくてもわかってくれるようになりました。

ある日のことです。私の奥歯が急に痛み出しました。虫歯のようです。痛くて痛くてたまりません。どうしても歯医者さんに行かなければと思いました。

今までレストランや喫茶店、食堂に入ることにはなんとか成功していましたが、ベルナと医者に行ったことはなかったのです。

道路の街路樹にでもつなぎなさい、と言われたらどうしようかと心配でしたが、歯の痛さには勝てませんでした。

近所の歯科医院のドアをおそるおそる開けました。玄関《げんかん》のたたきにベルナといっしょに立って、看護婦さんに言いました。

「盲導犬なので、待合室まではなんとか入れてほしいのですが」

看護婦さんが、ちょっとお待ちくださいと奥に引っこみました。すぐに先生が出てきました。

「盲導犬だよね。ほんとうは口の中を治療《ちりょう》する場所だから、動物はいっさいお断りをしているんだけれどね。でもあなたのことはいつも感心して見ていたよ。よくこの前の道を通るでしょう。あなたの大切な犬だものね、外につないでなんて言えないよね。待合室までならいいよ、いっしょに入って待っていてね」

夕暮れの我《わ》が家のベランダです。

敷居《しきい》に腰《こし》をかけて私はぼんやり外を眺めていました。遠くから、とうふ売りのラッパの音が聞こえてきます。一日の緊張《きんちょう》もとれて、いちばんホッとするひとときです。思わずファッとあくびが出ました。

ところが、ところがです。私が大きな口を開けた瞬間《しゅんかん》、かたわらに座《すわ》っていたベルナの顔が近づき、その口の中をのぞき見している気配なのです。

私は思わず笑ってしまいました。そして笑いながらベルナの顔に自分の顔を押《お》しあてました。なんておまえはかわいいの、ほんとうにいい子なんだねえと言いながら。

私にとって、ベルナはすでに犬ではありませんでした。

# ○――三章　赤ちゃん誕生《たんじょう》――○

## お母さんになった！

私の横を歩いているベルナは、とてもうれしそうです。ベルナにとって久しぶりに帰る我が家です。そして私と歩くのも久しぶりなのです。

ベルナはうれしくって、うれしくってたまりません。太くて長いしっぽをリズミカルに振《ふ》りながら、ついつい歩くテンポが速くなってしまいます。

そうすると、怖《こわ》くて鋭《するど》い私の声がとんできて、すぐにチョークをされてしまいます。

「ノー！　だめだめ、そんなに速く歩いては。赤ちゃんをおんぶして、そんなに早足で歩かれたら、たいへんなことになるんだからね。ベルナはお姉さんになったんだよ。わかるね」

私はたいへん怖い顔をします。

不思議そうな気配で、うかがうようにして見上げているベルナの様子に、私は思わずクスリと笑いました。

その、いつもの穏《おだ》やかな笑顔《えがお》に、ベルナはホッとしたようです。

でも私のそばに近づくと、今までとは違《ちが》ったにおいがします。あまくて、ふんわりとした気持ちになれる、いいにおいなのです。それがさっきからベルナにとって、とても気になるのでした。

そうなんです。私は、とうとうお母さんになったのです。

夏の朝のことでした。

私のお腹《なか》が急に痛くなりました。

「ああ、ダメだ」

私は悲痛な声を上げました。羊水《ようすい》が出てしまったのです。

羊水とは、赤ちゃんがまだお母さんのお腹の中にいるとき、そこに浮《う》かんで生活している水のことです。それは、赤ちゃんを外部の衝撃《しょうげき》から守っている大切な水なのです。

これが出てしまうということは、お腹の赤ちゃんが非常に危険な状態になろうとしていることなのです。赤ちゃんを流産しかかっているということなのです。

あわてて幸治さんが一一九番に電話をかけます。一刻も早く病院に行かなければなりません。

ベルナにはどうなっているのか、なにもわかりません。朝の牛乳水をいつものように楽しみに待っていたら、なにがなんだかわからないうちに、あわただしくなったのです。

担架《たんか》を持った男の人が二人、玄関《げんかん》から入ってきました。

ベルナはお客さんが大好きです。

喜んで部屋の中を走り回っていると、幸治さんにギュッとネックチェーンを押《お》さえられました。そのうえ引き綱《づな》をつけられて、動き回れないようにされてしまいました。

担架に乗せられた私は、手を伸《の》ばしてベルナの頭をなでながら言いました。

「おりこうにしているんだよ。おむかえに行くまでおりこうで待っているんだよ。わかったね」

あっという間もなく、私の乗った担架は運ばれていきました。

それからしばらくして、アイメイト協会の先生がやってきました。そしてベルナは車に乗せられ、協会に運ばれていきました。

ベルナは不安でたまりませんでした。二カ月近くのあいだ、その不安な気持ちを抱《いだ》きつづけて、ベルナは協会で暮らしました。心細くて寂《さび》しくてたまらず、ついワン（おしっこ）をハウスの中に何回かもらしてしまいました。

そして、待ち望んでいた私が、ようやくむかえにきたのです。

うらやましいなあ

「さあ、ついたよ」

私が玄関のドアを開けました。

「オギャーオギャー！」

ベルナは仰天《ぎょうてん》しました。すごい泣き声です。それも、今までベルナが耳にしたことのない泣き声なのです。

幸治さんがなにかを抱《だ》きかかえて、奥《おく》から出てきました。

「いやあ、まいったよ。君がいなくなってから、ずーっと泣きつづけだよ。どうしていいのかさっぱりわからないので、仕方がない、ボクはずーっと抱きつづけていたよ」

途方《とほう》にくれたような幸治さんの声です。

「おしめ、見た？」

「いやあ、見ていないよ」

「きっとお尻《しり》が汚《よご》れているのよ」

私はハーネスをはずし、引き綱をはずして、ベルナにハウスに入るように命令しました。そしてすぐに奥の部屋に入っていきました。

家に帰ったら、いっぱいいっぱいあまえよう、頭をなでてもらおう、えらかったねとほめてもらおう、そう思っていたベルナは、すっかりあてがはずれました。

私も幸治さんも、泣き声の主《ぬし》のことで頭がいっぱいです。

ベルナは敷居《しきい》の際《きわ》に立って部屋の様子を眺《なが》めます。

「おお、よしよし。お尻が汚れていて気持ちが悪かったんだね。泣いて教えていたのに、パパは少しもわかってくれなかったんだね。おお、よしよし」

そう話しかけながら、私はおしめを取り替《か》えます。

「ベルナ、幹太《みきた》だよ。ベルナは今日から幹太のお姉さんになったんだからね。よろしくね」

汚れたお尻を替えてもらって、すっかり泣きやんだ幹太を抱いた私が、ニコニコ笑いながらベルナに言いました。

「ベルナはお姉さんになったんだからね。いいね、おりこうさんになってね。わかったね」

でもベルナにはよくわかりません。だから、今までのように前足をスクッと出しました。なんだかよくわからないけれど、いちおう仲よくね、という意味をこめて。

ところがその瞬間《しゅんかん》。

「ノー！　ダメダメ。そんなことをしちゃあダメよ。幹太はまだ赤ちゃんなんだからね、ベルナとは遊べないんだよ」

と、きつい声で叱《しか》られてしまいました。

私は幹太を抱いておっぱいを飲ませます。目は、抱きかかえている幹太にじっと注がれています。まるで見えている人のように。そばにいる幸治さんも、とてもうれしそうにニコニコ笑っています。

その様子を、ベルナは敷居の際にダウンして上目づかいに眺めています。

いいなあ、うらやましいなあ。

ベルナは思います。

ベルナだってその中に入れてもらいたいのです。長いあいだ寂しかったよね、がまんしていたんだ、えらかったのね、よくがんばったよね、とほめてもらいたいのです。「ベルナ、ベルナ」と言われながら、頭をなでてもらいたいし、とってもあまえたいのです。

でも、誰《だれ》も「ベルナ、おいで」とは呼んでくれません。

勝手にしっぽを振《ふ》りながら、そばへ近寄っていったら、また私に「ノッ」と叱られそうです。そのうえ怖《こわ》い目で、キッとにらまれそうです。

だからベルナはただじっと見ているだけで、部屋の中には入っていけません。仲間はずれになったままなのです。

## 我《わ》が子の顔

ベルナの新しい生活が始まりました。お姉さんになったベルナの生活です。

でもそれは、「つ・ま・ら・な・いー」と、叫《さけ》びたくなるような毎日です。

私は朝からとても忙《いそが》しくしています。幹太におっぱいを飲ませたり、おしめを取り替えてやったり、おふろに入れたりということが、いつもの仕事のほかに増えたので、目が回りそうなくらい忙しいのです。

だから、部屋の中をあっちに行ったり、こっちに来たり、とてもとても忙しく動き回っています。洗濯物《せんたくもの》だって、朝から山のよう。だから、洗濯を一日に何回もするのです。

ベルナの朝の牛乳水の支度《したく》をする前に、まず洗濯機を回します。ベルナがワンやツーをするベランダには、いつでも洗濯物が風にヒラヒラとはためいています。それはおしめだったり、幹太の小さな小さな肌着《はだぎ》だったり。

一日中、私は神経をはりつめて大忙しです。でも、楽しくてたまりません。

目の見えない私が子育てをすることを、多くの人が心配してくれました。

もちろん、すべてが手さぐりの仕事ですから、目の見える人のアドバイスは必要です。

しかし、子育ての中心は母親です。たとえ目が見えなくてもこの私でなければなりません。たしかに、視力を持たない自分に限界は感じます。なんといっても、我が子、幹太の顔が見えないのですから。

でも、少しも無念ではありません。自分の胸の中に、自分なりの我が子の顔を描《えが》きます。とてもかわいい幹太の顔を。

だから私の心には、心配よりも楽しさがいっぱいだったのです。張り切っています。充実《じゅうじつ》している毎日に私は大満足でした。

そして、そんな私の様子を見ているベルナに、ときおり気がつきます。

私は「ベルナ、おいで」と、やさしい声で呼んでやります。

そんなとき、ベルナは喜び勇んで、しっぽを振り振りかけ寄るのです。

でも幹太が泣くと、私は「あら、どうしたのかしら」と言いながら、すぐに幹太のベビーベッドの方に行ってしまいます。

だから、ベルナはつまらなそうに、一日中そんな私の様子を眺《なが》めて過ごすのです。

幹太がよく眠《ねむ》っているとき、私とベルナはおつかいに出かけます。

でも、どんなにお天気がよくても、以前のように、「ベルナ、少し遠回りして散歩しながら帰ろう」などとは言いません。急いで買い物をすませると、あわただしく帰ってくるのです。

そして決まって口癖《くちぐせ》のように言います。「幹太が泣いているかもしれない。ベルナ、急いで帰ろう」と。

## 空のセッケン箱

ある日のことでした。

私は幹太を抱《だ》いて部屋から出てきました。はだかの幹太です。

「ベルナ、どいてどいて。ウロウロしないで。ハウスにちゃんと入っていなさい。じゃま」

そう言いながら、おふろの中に入っていきました。

ベルナは、少し開いていたドアのすきまから、そっとのぞきました。おふろの洗い場に置かれた水色の小さなベビーバス。幹太がおふろに入れてもらっているのです。

ベルナだってシャワーは大好きです。シャワーのぬるま湯をジャブジャブかけられて、シャンプーでゴシゴシ洗ってもらうのが大好きなのです。

幹太もとても気持ちよさそうに洗ってもらっています。

バスタオルに包んだ幹太を、私が大事そうに抱いて出てきました。

「あらベルナ、そんなところでなにをしているのよ。じゃまじゃま、ハウスにいなさいと言ったでしょう」

そして部屋の方に行ってしまいました。

ベルナは開いたままになっているドアから、ふろ場の中に入りました。この中で洗ってもらっていたのかと、ベビーバスの中のお湯のにおいを、まずクンクンとかいでみました。それからセッケンを見つけました。

ベルナはシャンプーを知っていましたが、セッケンを知りません。だから最初のあいだは、不思議そうにクンクンとにおいをかいだり、鼻の先でつついたりして遊んでいました。

でも、そうしているあいだに、なんだかとてもつまらなくて寂《さび》しくなってきたのです。そしてベルナは、とんでもないことをしてしまったのです。

私がおふろ場をかたづけにきました。

「ベルナ、そんなところでなにをしているの？」

私は、空になっているセッケン箱に気がつきました。あれ、どうしたんだろうと不思議に思いました。あわてて手でタイルの上をさわってセッケンを探しました。でも、どこにもありません。

私はハッと気がつきました。ドアのところで様子をうかがっているベルナを、きつい目でにらみました。

「ベルナ、もしかしてー。セッケンを食べちゃったの⁉」

ベルナは一目散にハウスにとびこみました。いっさい知りません、関係ありませんよと言うように、壁《かべ》の方に頭を向けて、嵐《あらし》が去るまでタヌキ寝《ね》入《い》りのポーズをとるのです。

「ベルナ、どうしてセッケンなんか食べたのよ。あんなもの食べてどうするの、バカね！　ベルナが食べる物は、ドッグフードでしょう。お腹《なか》が痛くなっちゃうからね。ベルナはお姉さんなんだから、おりこうにしてくれなくっちゃね。お約束でしょう」

えー、お約束？

ベルナは思います。でも、ひたすら眠ったふりをしつづけるのです。

とにかくベルナは、毎日が退屈《たいくつ》でたまらないのです。なにかおもしろいことはないかなあと思うのですが、私に叱《しか》られることを思うと冒険《ぼうけん》はできません。

## 寂しかったんだね

私は幹太をベビーベッドの中にそっと寝かせました。

今日は万事とてもスムーズに運びました。おふろにも入れたし、おっぱいも十分に飲ませました。おしめも汚《よご》れていません。

私は思います。

そうそう、久しぶりにベルナの耳を掃除《そうじ》してやらなければ、と。それに歯磨《はみが》きもずいぶんやっていないわね、と。

「ベルナ、カム」

私はベルナを呼びます。そして、あれっと思います。いつもは名前を呼ばれるや、うれしそうにしっぽを振《ふ》りながらかけ寄ってくるベルナなのに、今日はどうしたというのでしょう。どこからも現れません。その気配さえないのです。

「どうしたのかしら?」

私は小首をかしげながら、あたりの様子をうかがいます。

「スースースー。グーグーグー」

どこからともなく、ベルナの気持ちよさそうな寝息が聞こえてきます。

「どこにいるんだろう?」

私はその寝息を頼《たよ》りにそっと近づきました。

ベルナは、テレビの前のソファーの上で眠《ねむ》っていました。それも大きな体を小さく小さくまるめて。

そのソファーは、ベルナに上がってはいけないと教えてあった場所です。そして今までは、ベルナがその上に乗るなどということは一度もありませんでした。ましてその上で眠るなんてことも一度もなかったのでした。

私はその寝息を聞きながら、ベルナがかわいそうになりました。このところ、あまりの忙《いそが》しさでベルナをかまってやれませんでした。いっしょにお出かけするときも、あわただしくいつでも大急ぎでしたし、頭をなでてやることも、名前を呼んで話しかけることも忘れていました。

「寂しかったんだね。ベルナはつまらなかったんだね。ごめんね、ベルナ」

私は手を伸《の》ばして、頭をそっとなでてやりました。

ハッと目を覚ましたベルナは、あわてた様子でピョンとソファーからとびおりました。そして、しっぽをバサバサと振って愛敬《あいきょう》をふりまきます。

私はそんなベルナの様子に、ソファーの上に乗ったことを叱れませんでした。見つかっちゃってどうしよう、ごめんなさいと、懸命《けんめい》に愛敬をふりまいているベルナに、かえって胸がいっぱいになってしまいました。

「寂《さび》しいのをがまんしていたんだね。ごめんね、ベルナ」

そう言いながら、胸に抱《だ》きしめてやりました。頭をなでている私のほおに、一筋の涙《なみだ》が流れました。

## お姉さん記念日

幹太は日に日に大きくなっていきました。

もうおっぱいばかりを飲んでいる赤ちゃんではありません。離乳食《りにゅうしょく》が始まりました。ハイハイもできるようになったのです。だから以前のように、ベビーベッドの中でおとなしくばかりはしていません。

食事は、私に抱かれて、スプーンで口の中に入れてもらいます。ベトベトしていたり、ドロドロしていたりする離乳食です。そして幹太も、手に必ずスプーンを一本持って、それを振り回しながらおいしそうに食べます。

「アブアブアブ、ブウブウブウ」

言葉にもならない言葉を話しながら、楽しい食事の時間です。

そして口からはみ出した食べ物が下に落ちます。床《ゆか》に落ちたり、幹太が振り回したスプーンがベルナの口の近くに来たりもします。すると、「ハーイ、いただきます」で、ベルナはおこぼれに与《あずか》ることができるのです。

だからベルナは、幹太の食事の時間がとても楽しみです。どこにいても、そばにとんできます。私にどんなに叱《しか》られたって、この魅力《みりょく》は捨てられないのです。

幹太の成長は、そういう意味では、ベルナにとって魅力的な楽しみが増えていいのですが、でも心配事も増えました。

ハイハイできる幹太は、家の中を元気よくどこへでも行ってしまいます。なにも危ないことを知らない赤ちゃんです。そして家の中には、危ない物や危険なところが多くあるのです。

一日中動き回っている幹太を見ているだけで、ベルナはドキドキしたり、ニヤニヤしたり、ハラハラしたりで、とても疲《つか》れてしまいます。

今もベルナが見ていると、元気よくハイハイしてベランダの方に行きそうなのです。先ほど私は洗濯物《せんたくもの》を干しにベランダに出て、電話のベルで急いで部屋に入りました。そのとき、いつもは出入り口にたてかけておく柵《さく》を、うっかり閉め忘れてしまいました。

ああどうしよう。

ベルナは思います。

ベランダには危険な物がたくさんあります。植木鉢《うえきばち》やプランターの土、そして肥料の袋《ふくろ》。幹太が口の中に入れでもしたらたいへんです。そのうえ、土をほじくるのに使う小さなカネのスコップも置いたままになっています。

幹太はどんどんベランダの方にハイハイしていきます。

どうしよう！　どうしたらいいんだろう⁉

そうだ、お母さんに知らせなければ。

ベルナは急いで私のそばにかけ寄ります。

「あら、ベルナどうしたの?」

台所で鍋《なべ》をゴシゴシ洗っている私は、のんきな声でベルナに話しかけます。

ああたいへんだよ。たいへんなんだから!

私はぜんぜん気がつきません。

ベルナはあわててまたベランダの方にかけていきます。

ああ、どうしよう!

幹太は、敷居《しきい》に手をかけています。そして体を外につき出しているのです。

たいへんなんだよー!

ベルナはまたまた、私のそばにかけ寄ります。そして鼻の先で、思い切り私の足をつっきます。

「なあに、ベルナどうしたの？」

私はハッとしました。スポンジを投げ出すと、洗剤《せんざい》だらけの手のまま、あわててベランダにかけていきました。

「ああ、危ない！　幹太、危ないよ！」

私は幹太を抱き上げました。

ベルナはヤレヤレです。

「ベルナ、教えてくれたんだね。ありがとう。ほんとうにありがとう。助かったよ」

私はベルナの頭をなでてやります。

「ベルナ、幹太を見ていてくれたんだね。助かったよ。お姉さんになったねー。ベルナはすっかり幹太のお姉さんになってくれたね」

頭をなでながら、私の声がうるみます。

その日のベルナの食事は、いつものドッグフードではありませんでした。厚《あつ》い牛肉です。ごほうびの牛肉です。

それを食べるベルナに、仕事から帰ってきた幸治さんが言いました。

「今日は、ベルナのお姉さん記念日だなあ」

幸治さんも、とてもうれしそうです。

そして、幹太はスヤスヤと何事もなかったように眠《ねむ》っています。

# 四章　みんな家族

おりこうな犬ですねー

「ベルナ、ベルナ、たいへんなのよ。起きて、早く起きてちょうだい」

大あわての私の声で、ベルナは目を覚ましました。

真夜中です。

「幹太がまた熱を出したんだよ。病院へ連れていかないと。ベルナ、しっかり目を覚ましてよ」

私の声は少し緊張《きんちょう》しています。

ベルナはあわてて起きあがりました。その体にハーネスがつけられます。

熱でグッタリとしている幹太を私がおんぶしています。

「さあ、ベルナ行こうね」

私の手がハーネスと引き綱《づな》をギュッと握《にぎ》ります。

おしめや着替《きが》えの入ったカバンを手に、幸治さんがあとからついてきます。

幹太は予定日より一カ月早く生まれてきました。だから生まれたときの体は、普通《ふつう》の赤ちゃんより少し小さかったのです。短期間でしたが保育器にも入りました。

そのためか、よく熱を出す赤ちゃんでした。その熱は真夜中にとつぜん出ることが多いのです。熱で気分が悪いのか、幹太はギャーギャーと泣きます。そんなとき、さすがの私も、高い熱で引きつけを起こしたらどうしようと、とても不安になります。

熱を計るのも、目の見えない幸治さんや私にとっては、たいへんな作業なのです。普通の体温計では目もりが見えません。そのころはまだ音声体温計が一般化《いっぱんか》されていませんでした。だからスイス製の盲人用《もうじんよう》体温計を買ったのです。

しかし、それはかなり長いあいだ押《お》し当てていないと計ることができません。それに目もりの刻みが細かくて、泣きつづけている幹太を相手にあわてている私には、なかなか目もりを読むことができません。ですから昼間は、いつも近所のAさんに計ってもらっていました。でも真夜中まではとてもお願いはできません。

だから私は、幹太がおっぱいをくわえたときの口の中の温かさや、足のつけ根の部分を手でふれたときの温かさを覚えていて、それを目安にしていました。

寝静《ねしず》まっているアパートの階段を静かに慎重《しんちょう》に降りていきます。人けのない通りに出ました。大通りに出て、タクシーを拾って病院へ行くのです。

大通りも人けはありませんが、車はビュンビュンと走っています。幸治さんも私も車の来る方向に向かって手を上げます。目の見えない二人にとって、いつ空車が走ってくるかがわからないのです。だからずっと手を上げていなければなりません。

目の前を車はひっきりなしに行くのに、空のタクシーはなかなか来ません。手を上げている幸治さんも私も真剣《しんけん》な表情です。全身を耳にして、車が前に止まってくれるのを、少しイライラしながら、ひたすら待ちつづけます。

ふとベルナが、鼻の先で私の太ももをつつきました。

「え、どうしたの？」

私は一瞬《いっしゅん》とまどい、けげんな顔をしましたが、すぐに気がつきました。私も幸治さんも、目の前に車が止まったことに気がつかなかったのです。

車に乗りこみます。

足元にダウンしたベルナは、私のひざの上にアゴをのせています。これはベルナのお得意のポーズなのです。ヤレヤレといった表情です。

「おりこうな犬ですねー」

運転手さんが車を走らせながら、感心したように言いました。

「ええ、ええ。この子は盲導犬ですからね」

答える私の顔もうれしくなります。

車をつかまえることができてホッとしたのでしょうか、幸治さんも、よくやった、えらかったぞと言うように、ベルナの頭を手のひらでポンポンとたたきました。

# ひよこ保育室

幹太は生まれて八ヵ月になりました。ハイハイがとても上手です。スピードをつけてどんどんハイハイしていきます。そして、なんにでも興味と好奇心《こうきしん》を持っています。

なかでも幹太は引出しが大好きです。家の中の引出しという引出しは、どこからでも中身を引っ張り出すのが、一日の遊びであり仕事です。そしてなんでも口の中に入れて確かめるのです。危なくてなりません。

ですから、引出しの中にしまっておいた物は、ひとまとめにしてダンボールの箱の中にかたづけてしまいました。でも、そんなことで幹太の好奇心は衰《おとろ》えません。次から次へと興味の対象を変えて手を出していくのです。

だからいつでも油断なく、幹太のハイハイしていく先に注意を払《はら》っていなければなりません。

「もうノイローゼになりそう」

私はついに音《ね》を上げてしまいました。

ベルナの目をいくら頼《たよ》っても、やはり限界がありました。見える人間の目が、子育てにはどうしても必要な時期がきているのでした。

私は幸治さんと相談して、そんな幹太を乳児園に入れることにしました。ひよこ保育室といって、赤ちゃんばかりを預かってくれる保育室です。

そして、今日はいよいよ幹太が初めてその保育室に行く朝です。大きな団地の中にある保育室までは、家から四〇分ほど歩いていくのです。

私は幹太を片時も離《はな》したこともなく過ごしてきました。幹太は私の肉体の一部のようにさえなっていました。だから手放すのが不安で不安でなりません。そして、そんな私を見ているベルナも、だんだん心配になってくるのです。

私は朝からソワソワしながら出かける準備をしているのですが、ベルナもやはり、ソワソワと落ち着かない様子なのです。

「さあ出かけようね。忘れ物はないよね」

外はよいお天気です。

一日目なので、今日は幸治さんもついていくことになりました。

私の背中でなんにも知らない幹太は大はしゃぎです。

「アブアブ、ブブブー」

家族みんなでお出かけだと思っているようです。

でも、その日いちばんあわてん坊《ぼう》だったのは、意外にも幸治さんでした。

私はすでに何回か見学をすませていましたが、幸治さんは今日初めて行くのです。

大通りに出る角で、幸治さんはすっとんきょうな声を上げました。

「いけねー！　下着のシャツの上に、いきなり上着を着てきてしまったよ。どうりで首のあたりがスースーすると思ったよ」

下着の上に直接ブレザーの上着を着ているのでした。

幼いころに失明した幸治さんは、幼稚園《ようちえん》とか保育園とかに入った経験がありません。それでいて盲学校《もうがっこう》でしたから、小学校入学と同時に寄宿舎に入りました。それから学園生活の大半は寄宿舎生活でした。だから集団生活のよさもつらさもイヤというほど知っていました。口や態度には出しませんでしたが、内心は今回のことに不安を抱《いだ》いていたようです。

幸治さんは家に戻《もど》って、ちゃんとシャツを着てきました。

さあ、やっと出発です。

「ああ、少し遅刻《ちこく》だよ。急ごうよ。ベルナ、早足で行くよ」

四〇分近い道のりを三人は早足で歩きました。

保育室の大きな窓のところで、保母さんがニコニコ笑ってむかえてくれました。ハイハイしたり、ヨチヨチ歩きだったりする子供たちが、何人も遊んでいます。とてもにぎやかです。

仕事を持って働いているお母さんが、朝出勤する前にこの保育室に預けていくのです。

「さあ、幹太君もお友だちといっしょに遊ぼうね」

私の背中から保母さんの手に降ろされたとたん、幹太は火がついたように泣き出しました。

「オギャアーオギャアー！」

すごい泣き声です。

生後八カ月になっている幹太は、成長の段階としてちょうど人見知りの時期でした。それに、ここは今まで味わったことのない雰囲気《ふんいき》です。とても不安だったのでしょう。

「お願いします」

そう言って帰路についたものの、私はうしろ髪《がみ》を引かれる思いでした。先ほどまでおんぶしていた私の背中はスースーです。

三人は言葉もなく歩きました。

団地を出る角に来たところで、急にベルナの足が止まりました。それまでもベルナは、いくどとなく私の太ももをつついたり、うしろを振《ふ》り向いたりしながら歩いてきたのです。

「どうしたの？　さあベルナ、早く帰ろうよ。またすぐにおむかえに来なければならないんだからね。とても忙《いそが》しいんだよ」

このひよこ保育室は、ならし保育といって二時間保育から始まります。だから家に一度は戻るものの、すぐにおむかえに来なければなりません。でもベルナの足はがんとして前に出てくれません。置物の犬のように、シットの姿勢で動かないでいるのです。

引き綱《づな》を無理に引っ張ると、ベルナはくるりと向きを変えて、いま来た道を戻り始めました。

私と幸治さんは仕方がなく、ベルナに引っ張られるようなかっこうで、またもとの道を歩き始めます。

保育室が近づくにつれ、幹太の大きな泣き声が聞こえてきました。ベルナの足はどんどん早足になっていきます。

「ノー」

私はベルナを強くチョークしました。

叱《しか》られて、不思議そうに私を見上げているベルナに言って聞かせます。

「ベルナ、幹太のことを心配してくれているんだね。ありがとう。でもね、今の幹太の成長にとっては、この保育室の生活が必要なんだよ。わかるね」

ベルナは、大泣きしている幹太を心から心配していたのです。

そう言いながら、私のまぶたから温かなものがあふれそうになりました。

## 二人でお弁当

幹太は日に日に大きくなっていきました。ヨチヨチ歩きもそれなりに上手になりましたし、言葉もいくつか言えるようになりました。

ウマウマとかブウブウとかの赤ちゃん言葉はもちろんですが、ベルナのことをベータンと呼びます。そして幹太にそう呼ばれると、ベルナはうれしそうにしっぽを大きく振りながら幹太のそばに行くのです。

でもベルナは、幹太のことはまだ赤ちゃんなんだ、弟なんだと思っているのでしょうか。そばに近づくだけで、決してじゃれついたりはしません。

でもベルナと幹太は大の仲よしです。

ある祝日のことです。

日曜日は幸治さんのハリ治療室《ちりょうしつ》も休みですが、祝日は休みではありません。

保育室はお休みなので、幹太は朝から部屋の中をあっちに行ったりこっちに来たりして、一人遊びに余念がありません。

ベランダで洗濯物《せんたくもの》を干している私に幸治さんが言いました。

「ボクの弁当はどうした？」

「テーブルの上に置いてあるでしょう」

幸治さんは毎日、お弁当を持って出勤するのです。だから私にとっては、朝食の支度《したく》をしながらお弁当を作るのも日課の一つでした。

「おーい、どこにもないぞ」

少しイライラした幸治さんの声がします。

洗濯干しを途中《とちゅう》でやめて私は台所に入っていきました。

「おかしいわねー。ちゃんと作ってテーブルの上に置いたけれど……」

ほんとうに幸治さんのお弁当は、どこにもないのです。

でも私はすぐに犯人がわかりました。

テーブルの下で、なにやら気配がするのです。

「ここに犯人がいたわ」

私は思わず笑ってしまいました。

犯人は幹太とベルナでした。二人でテーブルの下にもぐりこんで、仲よく一つのお弁当をひらいて食べているのです。

「あらあら、おとなしくしていると思ったら、ここでこんないたずらをしているわ」

時間がないとイライラしていた幸治さんも大笑いです。

## 保育園に入れない!?

幹太は一歳《さい》六ヵ月になりました。

もう赤ちゃんではありません。この春から幹太は、いよいよ赤ちゃんばかりの保育室から、普通《ふつう》の保育園に入りなおすのです。

家のすぐ近くの保育園で入園の手続きも終わりました。あとは入園式の日を待つばかりです。

そんなある日のことでした。

家にいる私のところに保育園から一本の電話が入りました。

「いろいろと検討してみましたが、盲導犬は園庭に入れられません。もちろん、保育園の建物の中にも犬を入れては困ります」

私は頭をかかえてしまいました。ほんとうに困りました。

ベルナがいっしょでなければ、私は歩けないのです。すぐ近所の保育園ですが、危ないことがまったくわからない幹太を、どうやって連れていったらいいのでしょうか。

ベルナの力を借《か》りなければ、とうていできることではありませんでした。

それに、幹太の成長はますます盛《さか》んで行動範囲《はんい》も広がり、好奇心《こうきしん》もおうせいです。私とつないでいる手を振《ふ》り払《はら》っても、自分の行きたいと思うところには行ってしまいます。

先日もそれで、私とベルナを大あわてさせたのでした。

夕方、幹太と手をつないで公園に行ってみました。私は自信のないところに出かけるときには、どうしても幹太を背中におんぶしてしまいます。でもそのときは、近くなので大丈夫《だいじょうぶ》だろうと、幹太に小さな靴《くつ》をはかせて出かけました。

ベルナと三人でブラブラとゆっくり歩きます。せまくて小さな公園ですが、たくさんの子供たちが遊んでいます。ボール投げをしている少し大きなお兄さんたちもいます。

幹太はなにを見つけたのか、あっという間もなく私の手を振り払ってかけていきました。注意してギュッと握《にぎ》っていたのですが、ほんの一瞬《いっしゅん》のことでした。

私は真っ青になってしまいました。

ボールが頭に当たったら、ブランコのそばにでも近寄って頭をけられたら、シーソーの下にもぐりこんで体が押《お》しつぶされたら……。

私の頭はパニック状態です。

「幹太くん！　幹太くーん！」

大きな声で名前を呼んでみましたが、反応はありません。

「ベルナ、幹太を探して。なんとかつかまえなければ」

ベルナが幹太の近くまで私を引っ張っていきます。幹太のそばに近づいたのは、ベルナが大きくしっぽを振《ふ》るのでそれとわかります。

でも幹太は鬼《おに》ごっこをしているとでも思ったのでしょうか、「キャッ、キャッ」と楽しそうに逃《に》げてしまうのです。

何回もその繰《く》り返しです。なかなかつかまえられません。

そのうち私は、こうしていることがよけいに危険なのだと気がつきました。だからベルナと出口の方に歩いていって、そこに身をかくしました。

この作戦はみごとに成功しました。間もなく幹太の小さな足音が聞こえてきました。私とベルナの姿が見えなくなって、急に不安になってしまったのでしょう。

「つかまえた!」

私はギュッと幹太を抱《だ》きしめました。

ああ、よかった。無事でほんとうによかった。

心の底から私はホッとしました。

そしてもっと遊びたい、帰るのはイヤと半べそをかいている幹太に、よく言って聞かせました。

「幹太、いいね。お母さんは目が見えないんだからね。手をチャンとつないでいなければダメ。わかったね」

そう言いながらも、まだ幼い幹太にそれをわかれというのは無理だろうな、と思いました。

## タバコの火

保育園からの電話を受けたあと、私はいろいろと考えました。盲導犬《もうどうけん》の協会に行って話を聞いたり、福祉《ふくし》事務所のケースワーカーに相談に出かけたりもしました。かつて盲導犬と子育てをした人の話も参考意見として聞きました。

そして出た結論は、とにかく理解してもらうより方法はないということでした。

私は園長先生に会うために出かけました。すでに盲導犬についてのパンフレットは何組も渡《わた》してあります。だから今回は、よく話し合い、よく知ってもらい、そして理解してもらおうと思って出かけたのでした。

「お母さんは盲導犬だからと言うけれど、やはり犬は犬でしょう。犬には犬の限界があると思うの。犬を嫌《きら》いな子供やお父さんお母さんもいるでしょう。それに第一、石を投げられたら、棒《ぼう》でたたかれたら、しっぽをつかまれて引っ張られたら吠《ほ》えるでしょう。とびついてかみつくでしょう。そうしたら、いったい誰《だれ》がその責任を取るのですか?」

私は必死になって園長先生に訴《うった》えました。

「何もしない無抵抗《むていこう》な犬に石を投げたり、棒でたたいたりする子供がいたら、しっぽをつかまえて引っ張る子供がいたら、その子供の方にかなり問題があるはずです。園長先生はそうは思われませんか？」

　そう言いながら、私は頭の中で一生懸命《けんめい》に考えました。盲導犬はそういう犬ではないんだと、ベルナはたとえそういうことがあっても耐えられる犬なのだと、どうやってわかってもらおうか。

　そして私はついに、今まで誰にも話さなかった一つの思い出を、ここで話そうと決心したのです。

　それは私にとっても、あまり思い出したくない、いやな思い出なのでした。

　ベルナと暮らし始めたころのことでした。

　まだお正月気分の抜《ぬ》けない町を、私とベルナは歩いていました。ちょうど駅前広場を横切ろうとしていたときのことです。なんだかベルナの歩き方が少し変なのです。

「おかしいわねー。ベルナどうしたの？」

私は足を止めて、ベルナの体を手でさぐってみました。

手も足もなんでもなさそうです。

そして、その手がベルナの横腹にふれたときです。

「ヒー」

ベルナが小さく悲鳴を上げました。

毛の焼けたイヤなにおいもします。どうやら、横腹にヤケドをしているようなのです。

「どうしたの!? いつこんなことになっちゃったの!?」

でもベルナは、私に顔を寄せてくるだけです。

近くにいたおばさんが小さな声で教えてくれました。

「よっぱらいよ。あそこで、ニヤニヤしながらこっちを見ているわよ。早くバスに乗った方がいいわよ。あんなのと下手にかかわりあいになったら、あとがたいへんだからね」

　横断歩道で信号を待っていたときに、いやにベルナにくっついてくる人の気配がありました。そして信号が変わって歩き出してからです。ベルナが私の足にからみつくようになったのは。

　信号の変わるのを待っているあいだ、あのときにタバコの火を押《お》し付けられたんだと、私は思いました。そして、ギュッと下唇《したくちびる》をかみました。

「ベルナ、気がついてやれなくてごめんね……」

　私はベルナがかわいそうでなりませんでした。

　タバコの火なんか、とてもとても熱かったでしょう。痛かったでしょう。怖《こわ》かったでしょう。それなのにベルナは、とびついたりも、吠えたりも、かみついたりもしませんでした。まして怖いからといって、私を引きずって逃《に》げたりもしなかったのです。

ベルナは盲導犬だから、目の見えない私を誘導《ゆうどう》するという大切な仕事をしていたから、それにじっと耐《た》えたのでした。


そして幹太は、私に手を引かれて保育園に通えるようになったのです。もちろん、私の左横にはベルナがいっしょにいます。私とベルナは一体なのです。だから切り離《はな》すなんてことはできないのです。

私はひそかに思います。

卒園するときには、幹太のお友だちにも、その家族の人たちにも、そして保育園の園長先生や保母さんたちにも、盲導犬《もうどうけん》ベルナがいっしょでよかったと思ってもらえるようになろうと。

迷惑《めいわく》だったり、いやだったりしたけれど、でも盲導犬が身近にいてかえってよかったと思われるように、ベルナ、がんばろうね。

私は自分に言い聞かせると同時に、ベルナにもそう言い聞かせるのでした。

## お出かけ大好き

目の見えない私や幸治さんにとって、幹太の成長は、楽しみであると同時に、頼《たの》もしくもありました。

赤ちゃんのあいだはベルナの目だけが、家の中で見える目のすべてでした。そこに有力な幹太の目が加えられたのです。

幹太は朝、幸治さんと保育園に行くことが多くなりました。出勤途中《とちゅう》、幸治さんが保育園に寄って幹太を置いていくのです。

私は早く早くとせかせるけれど、幸治さんはゆっくりと道草を食ったり、公園で少し遊ばせたりしながら連れていくので、幹太も幸治さんと行きたがるのでした。

しかし、ベルナはそれには不満でした。幹太に幸治さんと行かれてしまっては、ベルナは保育園にいっしょに行くことができないのです。だから、幹太が保育園に行く支度《したく》を始めると、急にベルナは落ち着かなくなります。

幸治さんが黒いカバンにお弁当を入れるや、もうがまんはできません。私がベランダで洗濯物《せんたくもの》を干していようが、おふろ掃除《そうじ》をしていようが、台所で洗い物をしていようが、そばにかけ寄ってきます。そして、行かないの？　行こうよと言いたげに、私の体を鼻の先でつつくのです。

玄関で幹太も幸治さんも靴《くつ》をはき始めました。あきらめきれないベルナは、自分も玄関《げんかん》のたたきに降りようとして、そうでなくてもせまい玄関は大混雑になります。

「どいてどいて。ベルナちゃんはあっちに行っていてよ」

大きな体を、幹太の小さな手でじゃけんに押し戻《もど》されて、やっとベルナはあきらめるのでした。

「いってきまーす。ベルナちゃん、おりこうさんで待っていてね」

玄関マットの上でベルナはしっぽをたらして見送るのです。

でも、ときにはこんなこともあります。

私とベルナがお出かけの日です。

日曜日、私は朝からソワソワと出かける準備をしています。髪《かみ》の毛を気にしたり、昼食の準備をしたりで大忙《おおいそが》しです。

そんなときベルナも落ち着きませんが、幹太もやはり落ち着きません。

「ねー、どこかに行くの？　ねー、お母さんったら。ねー、どこへ行くの？」

さかんに私のそばに来て聞きます。

幹太は、保育園に行くようになってから、私のことをお母さんと呼ぶようになりました。でも幸治さんのことは、なぜかお父さんとは呼ばず、パパと呼びます。

「パパ、パパ、お母さんがどこかへ行くみたいだよ。行くの？」

私がしらんぷりをしているので、幹太はついに幸治さんのところに聞きにいきます。そしてベルナも、そうなの、私もどうしたのかなと思ってね、とでも言いたげにくっついていくのです。

さあ、私の出発の準備は完了《かんりょう》です。ハーネスを手に持ちました。ベルナは喜び勇んでかけてきます。

「ボクは？　ボクは？」

幹太の声はすでに半べそ状態です。

でも私は、幹太もいっしょにお出かけだよとは言いません。

「ボクも行く！　ボクも、ボクも」

ついに幹太は泣き始めました。

「おまえはな、あとでパパが公園に連れていってやるからな。留守番《るすばん》だぞ」

幸治さんに言われて幹太は大泣きです。

そんな幹太を、かわいそうだなーというように、ベルナはチラチラと眺《なが》めます。でも私と二人だけのお出かけのうれしさには勝てません。しっぽをゆさゆさと振《ふ》ってしまいます。

暮れもおしつまったある日、私はベルナと音楽会に出かけました。もちろん、今日も幹太の泣き声に送られてのお出かけでした。

私は友だちのUさんといっしょに、聖カテドラル教会へ『第九交響曲《こうきょうきょく》』を聴《き》きにいくのです。

演奏はとてもすばらしいものでした。指揮者《しきしゃ》は世界的に有名な小澤征爾《おざわせいじ》さんです。

私はうっとりと引きこまれるように聴きいります。ところが、

「フーン」

と、ベルナが鼻をならしたのです。

私はたいへん驚《おどろ》き、そしてあわてました。大きく歓喜《かんき》する合唱のところだったので、目立たなかったのがせめてもの救いでした。

「ノッ」

おしころした声で、ベルナを鋭《するど》く叱《しか》りつけます。

隣《となり》の席のUさんがクスリと笑い、私の耳元でささやきました。

「あまりに演奏がステキなので、ついついベルナも、合唱に声を合わせてしまったのよ」

会が終わって聖堂の外に出ました。

雪です。雪がフワリフワリと舞《ま》っているのです。

「わー、雪だわ。ベルナ、これわかる？　雪なんだよ」

ベルナにそう言いながら、私はとても幸せな気分でした。

## 涙《なみだ》のホットケーキ

幹太の保育園生活も順調に進みました。日に日にお兄さんらしくなっていきます。

保育園から帰ってくるや、「ボク、遊びにいってくるからね」と、一人で公園に出かけるようにもなりました。

そんなある日、いつものように、私とベルナとで保育園におむかえにいきました。

ふだんはニコニコ顔でとび出てくる幹太ですが、この日はなかなか出てきません。

そしてやっとお部屋から出てきたものの、ちょっと様子が変なのです。笑顔《えがお》ではなく、ぶすりとした顔でした。

お友だちとけんかをしたな、と私は思いました。今までも、こんなことがときどきあったのです。

でも家につくや、幹太はとつぜん泣き出しました。それもいつも私に叱られたときのような、ワーワー泣きではありません。シクシク泣きなのです。

そして泣き声で私に投げつけるように言いました。

「目の見えないお母さんなんか、ボクは嫌《きら》いだ！」

私はだまって様子を眺《なが》めていましたが、なかなか泣きやまないので、台所に立ちました。

私と入れ替《か》わりにベルナが、畳《たたみ》の上にひっくりかえって泣いている幹太のそばにかけ寄っていきました。「どうしたの？」とでもたずねるように、幹太に顔をすり寄せているのでしょう。

いつもは、けっこうふざけあう二人でしたが、今日は違《ちが》いました。

「ベルナなんか嫌いだ、大嫌いだ！　あっちに行けよ！」

幹太はそんなベルナも、大きな声で怒鳴《どな》りつけたようです。

すごすごとした様子で、ベルナは私のそばにかけてきました。泣き声はいつまでもやみません。

目の見えない私たちが外出をするとき、幸治さんは白い杖《つえ》をつきます。そして私の横にはいつでもベルナがいます。幹太にとって物心ついたときから、これが両親の姿です。

幹太は私の絵をかくとき、必ず私の左側に黒い丸のベルナをかきます。そしてその黒丸のベルナと私の手を、一本の線で結びつけるのです。そして幸治さんの絵をかくときも、白い杖を入れます。その横に小さな男の子をかいて、二人の手と手をつなげるのでした。

「どうして目が見えないの？」

などとは、一度もたずねたことのない子でした。目の見えない両親の姿を、幹太は自然に受け入れてくれました。でも、やはりみんなのお父さんやお母さんとは少し違っています。

お友だちになにか言われたんだな、と私は思いました。幹太のお母さんは変だ、目の見えないお母さんなんか変てこりんだ、とでも言われて、意地悪をされたのでしょうか。

高くなったり、低くなったりする泣き声を聞きながら、私はホットケーキを焼きました。フライパンで厚く、大きく、コンガリと焼いたのです。お部屋にとてもおいしそうなにおいが広がりました。

すると、小さな足音がこちらに近づいてきます。台所は板の間になっているので、その足音が私の耳には手に取るようにわかるのでした。最初はためらいがちに、そしてバタバタと音をたて、私の腰《こし》に小さな顔がぶつかりました。

「お母さん、ごめんなさい。ベルナちゃん、ごめんね」

「わかったの？」

私の問いに、小さな顔はコックリとうなずきました。

私は思わず幹太を抱《だ》き上げました。そして、泣いてクシャクシャになった顔にほおずりをしました。

「さあ、ホットケーキを食べようね。こんなにおいしそうだよ。幹太は手を洗って、お皿をテーブルの上に出してね」

「はーい」

幹太の元気のよい、いつもの声です。

ベルナもいつものように、幹太にじゃまじゃまと言われながらも、うれしそうにしっぽを振《ふ》って、ウロウロとします。

「幹太もパパも、お母さんもベルナも、みんな家族なんだよ。目が見えなくったって、心の目があれば大丈夫《だいじょうぶ》。その心の目が大切なんだからね。幹太は強くて賢《かしこ》い子だから、ちゃんとわかるよね」

「うん」

明るく大きな声が返ってきました。

私はホッとしながら思います。

「目の見えないお母さんに育てられて、ボクはよかったよ」

将来、幹太がそう言ってくれる日がきたらいいなあ……。

この日のホットケーキは、いつもよりずっとおいしく、そしてちょっぴりショッパイ味がするようでした。

## ○―五章　二人はきょうだい―○

## 気になる存在

ベルナにとって幹太は弟です。

なにしろ、私のおっぱいしか飲まない、「フニャフニャ」としか泣けない赤ちゃんのころから、ずっと知っているのですから。そして、片時も離《はな》れることもなく、同じ家の中で生活してきたのですから。

だからベルナは幹太が大好きだし、いつもたいへん気になる存在です。

朝、保育園にいっしょについていくと、小さなお友だちが、「ベルナだ、ベルナだ」と口々に名前を呼んでくれます。それはとてもうれしいのですが、幹太が先生にむかえられて、さっさと教室に入ってしまうのが不満です。

夕方、保育園に私とおむかえにいったときは、幹太が教室から出てくるのを、大きな目をじっとこらして見ています。幹太が出てくるや、今までたらしていたしっぽを、おもいきり高く持ち上げてバサバサと振《ふ》り始めます。そして私にも、鼻の先で足をついたり、体をすり寄せたりして教えます。おかえり、おかえりなさいとでも言うように、足をバタバタさせて大歓迎《だいかんげい》です。

小さなお友だちに名前を呼ばれると、いちおうしっぽを振って答えるのですが、それはほんのおあいそ程度。ところが幹太を見つけるや、そのしっぽは急に太くなります。そして、その太いしっぽを大きく大きく、バサバサと振るのです。

だから目の見えない私にも、幹太が出てきたことがすぐにわかります。

ときおり私がほかのお母さんとおしゃべりに夢中になって、ベルナのそんな様子にも、幹太が出てきたことにも気がつかないことがあります。そんなときベルナは、ほらほら、ダメだなあと言わんばかりに、鼻を「フンフン」と鳴らすのです。

「ベルナー」

幹太がかけてきます。ベルナにとってうれしくて楽しみな時間です。

## 八つ当たり

「ピンポーン」

玄関《げんかん》のチャイムが鳴りました。

「遊ぼうよ。幹太くーん、遊ぼー」

幹太のお友だちが遊びにきました。

ベルナはお客さんが大好きです。ベルナにとって、チャイムが鳴れば、それは誰《だれ》かお客さんが来たことなのです。

とにかくお客さんなら、ベルナは誰でもいいのです。宅配便のお兄さんでも、新聞勧誘《かんゆう》のおじさんでも、いちおう歓迎《かんげい》します。家の中のどこにいようと、なにをしていようと、玄関先にふっとんでいきます。

このときも、ベルナは幹太に負けない速さで玄関にかけていきました。幹太の友だちは自分の友だちだと、ベルナは信じているのです。だから、うれしくてたまりません。玄関のたたきにかけ降りて、大はしゃぎをしています。

でも、そんなに大歓迎をしたお友だちなのに、小さな頭を寄せあって相談をした結果、外で遊ぶことになってしまったときは、とてもがっかりです。すっかりあてがはずれてしまい、しっぽをまるめて私の近くに戻《もど》ってきます。

反対に、みんなの相談がベルナの思い通りにまとまり、家の中で遊ぶことになったときには、ベルナもなんとか仲間に入れてもらえます。でも、鬼《おに》ごっこのときも、かくれんぼのときでも、大きな体でまとわりつくだけなので、けっきょくは「じゃまじゃま」と言われてしまうのです。それでもベルナにとっては、仲間に入れてもらっただけで満足なのです。

しかしときには、喜んではしゃいでいるあいだに、「ベルナはダメ」とばかりに、部屋のふすまを閉められてしまうことがあります。シャットアウトです。

ベルナは「フンフン」と鼻を鳴らしながら、つまらなそうに私のところに寄ってきます。

「仲間はずれにされちゃったの？　仕方がないわね。トランプ遊びはベルナはできないものね」

私からも相手にされません。ハウスに入って、ああつまらないとばかりに、部屋のあいだのふすまに、ドスンと体を思い切りぶつけて寝転《ねころ》びます。

誰も相手になってくれないので、ふすまに八つ当たりです。

八つ当たりといえば、こんなときにもふすまに体をぶつけます。

おやつの時間です。

幹太だけ、おいしそうにミルクカップで牛乳を飲みます。

ベルナは牛乳が大好きです。だからいつだって、牛乳を飲みたくてたまりません。しかし盲導犬《もうどうけん》のベルナは、一日の食べ物や飲み物をコントロールされています。

私はベルナをとてもかわいがりますが、決してあまやかしたりはしません。どんなに欲《ほ》しがっても、ダメなものはダメです。

私が冷蔵庫からミルクパックを取り出すのを見つけて、「わ、牛乳だ」と、そのときも期待していたのに、すっかりあてがはずれてしまいました。そんなときも、やはりふすまに八つ当たりをしながらハウスに寝転ぶのです。

毎回ドスンドスンと、あまりにすごい勢いで当たるので、ついにふすまは破れて、大きな穴があいてしまいました。いくら穴のところに補強のふすま紙を張ってもダメ。八つ当たりする回数が多すぎて間に合いません。

「仕方がないわねー」

とうとうそこには、白い板を張ってしまいました。

とにかくベルナにとって、どんな場合でも、仲間はずれにされるのは寂《さび》しくて耐《た》えられないことなのです。

## ベルナとトランプ

雨の降る日です。

保育園はお休みだけれど、幸治さんのハリ治療室《ちりょうしつ》は休みではありません。だから遊び相手になってくれる幸治さんも今日はいないのです。お友だちも誰も遊びにきません。

幹太はベランダに出て、公園を眺《なが》めています。

ブランコもジャングルジムも砂場も、みんな雨の中です。いつもはとてもにぎやかなのに、今日は寂しい公園です。

私は台所のテーブルに点字の本を広げて読書です。目の見えない人は指で本を読むのです。

「お母さん、トランプで遊ぼうよ。ババぬきをして遊ぼうよ」

久しぶりに読書にすっかり夢中の私のところに、幹太がトコトコとやってきました。

「えー、だって二人じゃあ、トランプしたっておもしろくないでしょう。少なくとも三人はいなくちゃね」

私の気のない言い方に、それもそうだと納得《なっとく》したのか、幹太はだまってしまいました。カサをさしてでも公園に行ってみようかと、思い迷っているようです。またベランダに出て公園を眺めています。

ベルナはハウスの中、グーグー、スースーいびきをかいて、気持ちよさそうにお昼寝《ひるね》です。

「キャーン、フニャフニャ」

ときにはベルナも寝言を言うことがあります。

あまったれの寝言なら、私は思います。あらあら、ベルナはきっと赤ちゃんだったころの夢を見ているのねと。

でも「キャーン、フーン」と、つらくて悲しそうな寝言のとき、私はちょっと心配になるのです。さっききつく叱《しか》りすぎたかしら、ベルナにもベルナの言い分があったのかもしれないのに、と。

小さくて元気な足音が近づいてきます。

私の読書はまたも中断です。

「お母さん、いい考えがあるよ。ベルナちゃんも入れて三人でトランプをしたら。ね、そしたら、ババぬきだってできるよ」

「え、ベルナもトランプの仲間に入るの？　そんなのあり⁉」

「ありあり。ね、ベルナおいで。トランプをするよ。おもしろいよ。ぼくがめんどうを見てあげる。ベルナちゃんのカードを見てあげるからね」

気持ちよかったベルナのお昼寝は中断です。眠《ねむ》い目をこすりながら、なにがなんだかよくわからないけれど、トランプ遊びに参加です。

目の見えない人でもカードがわかるように、点字の入ったトランプカードがあるのです。それがタンスの引出しから出されました。

ベルナの前にもカードが配られていきます。眠気はふっとびました。もちろんトランプ遊びのルールなど、なにがなんだかぜんぜんわかりません。しかし、ベルナの心はとにかく大満足です。自分の目の前に置かれたカードを、大きな目をクルクルさせて見ています。

ジョーカーが最初にベルナに配られてしまったときは悲劇です。ベルナのカードも取り替《か》えてあげながら、ゲームにすっかり夢中の幹太がみんなおしゃべりをしてしまうからです。熱戦がくり広げられますが、ジョーカーは少しも動きません。ベルナの前に置かれたカードの中にずっと入ったままです。勝敗は決まったようなものです。

でもでも、負けたってへっちゃらなのです。仲間に入れてもらえただけで、ベルナの心は幸福感に満たされているのですから。

## ベルナのボウリング

ときには、幸治さんが思いがけなく早い時間に帰ってくる日があります。いつもの幸治さんの帰宅時間は幹太が眠ったあとです。

チャイムが「ピンポーン」と鳴って、幹太とベルナが玄関《げんかん》にかけていきます。そしてそれが思いがけなく幸治さんだったら、二人は大はしゃぎです。そんなとき、たいてい家族みんなで遊ぶことになるのです。

「わーい、パパだ。遊ぼう、みんなで遊ぼうね」

幹太の大きな声が家の中をかけめぐります。そしてその声に、ベルナのうれしそうな足音が、カチャカチャとリズミカルについていきます。

さあたいへんです。幸治さんは夕食を食べずに遊ばなければ、この場はおさまりそうもありません。

それはすもうだったり、トランプ遊びだったり、かくれんぼだったり、鬼《おに》ごっこだったりするのですが、いつも最終的にはベルナがじゃまにされてしまいます。

ベルナも大はしゃぎなので、とにかく家の中をウロウロしたり、みんなに体をぶつけたりして、喜びを体全部で表現するのです。でも、なにしろ大きな体なので、決まって幹太のとがった声が追いかけてきます。

「じゃまじゃま、ベルナちゃんはハウスに入っていてよ」

きつく言われてしまいます。

せっかく遊べると思ったのに、ベルナはがっかりです。不満で仕方がありません。言われるままに、スゴスゴとしっぽをたらしてハウスに入ります。

みんなが楽しそうに遊んでいる様子を、前足にアゴをのせて眺《なが》めています。でも不満な気持ちには耐《た》えられません。

とにかくおもしろくないのです。だからまたすぐに出ていきます。そしてトランプ遊びの真ん中や、すもうをとっている真ん中に入りこんで、大きな体で長々と寝転《ねころ》ぶのです。

それは、ベルナの仲間はずれの仕返しなのです。精一杯《せいいっぱい》のおじゃま虫になって、意地悪をしているのです。

そんな家族みんなの遊びのなかで、ボウリング遊びに人気のあった時期がありました。

ボウリングのセットは幸治さんのおみやげです。プラスチックのピンを玄関マットの上に並べます。そして畳《たたみ》の部屋のいちばん奥《おく》に立って、やはりプラスチックでできたボールを転がします。

直線距離《きょり》にして約九メートル。ボール自体が軽いので、なかなか真っすぐには転がりません。たて二列に並べたピンを全部たおすのは、それなりにむつかしいのです。

私などは「一球に願いをこめて」などと、オーバーなことを言いながら転がすのですが、ぜんぜんダメ。球は無情にも、冷蔵庫の方に行ってしまったり、テーブルの下にもぐりこんだり。

「いちばん下手くそはお母さん」

幹太も幸治さんも大笑いで、口をそろえて私をからかいます。

一ゲームごとに点数をつけて、大はしゃぎで遊びます。ベルナはじっとしていられません。なんとかしてその遊びの仲間に入りたいのです。でもボール投げはベルナにはできそうもありません。ベルナの大きな目は、たえまなくキョロキョロとボールの行方《ゆくえ》を追いかけます。

そうだ、役に立って仲間に入れてもらおう。とんでもない方向に転がったボールを拾えばいいんだ。

ベルナは納得《なっとく》します。

最初のあいだ、ベルナのボール拾いは好評でした。ボールがどこに転がっていっても、すばやく口にくわえて持ってきてくれるのですから。

でも、ボール拾いに熱中するあまり、ベルナは興奮してしまいました。なにがなんだかわからなくなって、手から離《はな》れてピンの方に転がっていくボールも、口にくわえてしまったのです。
大得意でそのボールを私のところに運びます。
あれー？
みんなの冷たい視線……。
「ベルナちゃんはじゃまなの。あっちに行っててよ。お母さん、ちゃんと
ベルナちゃんを押《お》さえていてよ」
口を思い切りとがらせた幹太のきつい声。
ああ、ベルナはまたも仲間はずれにされてしまいました。

## ベルナの仕返し

ベルナはなんといっても幹太のお姉さんです。だから、いつも弟にやら

れてばかりはいません。やっつけるときだって、仕返しをするときだってあるのです。

幹太がいない留守に部屋に入りこんで、出したままになっているオモチャにいたずらをします。ジグソーパズルの一ピースをクチャクチャとかんで、そのへんに放り出しておくのです。

遊びから帰ってきた幹太は、そのクチャクチャになったピースを、すぐに発見してしまいます。大きな口をあけて大泣きしている幹太のそばに、ベルナはすぐにかけていきます。どうしたの？　なにを泣いているの、とでも言うように。

でも、犯人はすぐに誰《だれ》だかわかってしまいます。

「ベルナなんか大嫌《だいきら》いだ！　チューインガムだと思って、バカなんだから！」

幹太は小さな手で、パシパシとベルナの頭や体をたたきます。

「ベルナがやったの⁉　どうしてそんなことをするのよ。ダメじゃないの！」

私からもきつい目でにらまれて、ベルナはスゴスゴとハウスに戻《もど》っていくのです。

でもそのあと、必ず幹太も私から叱《しか》られます。

「ベルナだけが悪いんじゃないよ。出したままで遊びにいった幹太も悪いよ。そんなに大切なものだったら、ちゃんとかたづけていきなさい」

でも幹太はかたづけが大嫌い。いつだってかたづけをしないで、友だちが誘《さそ》いにくるや遊びにいってしまいます。

そして、またしてもベルナは、畳の上に放り出されたパズルの一ピースを、口の中でクチャクチャとかんで遊ぶのです。それもたった一ピースだけを。

どんなにお気に入りのパズルも、それでだいなしになります。

「ベルナなんか、大嫌いだ！」

幹太のどなりちらす声。そして大泣き。私の叱り声。いつものこと、同じパターンが繰《く》り返されます。

そんなとき、ベルナは大あわてでハウスに逃《に》げこみます。一時避難《ひなん》、頭の上を嵐《あらし》が過ぎていくのをしばらく待つのです。

こんなこともありました。

幹太は毎日夕方六時になると、テレビのスイッチを入れます。アニメマンガが大好きなのです。ソファーに腰《こし》かけたり、寝転《ねころ》んだりして、夢中で毎日見ています。

そうしたらどうでしょう。ベルナがトコトコとテレビの前に近づいていきました。そして画面の真ん中に立ったのです。

「ベルナちゃん、どいて、どいてよ。テレビがぜんぜん見えないでしょう。あっちに行ってよ」

でもベルナは、がんとして画面の前を動こうとはしません。

幹太が必死に押《お》したり、引っ張ったりするのですが、ダメ。四本の手と足をつっぱって抵抗《ていこう》し、ぜったいに動きません。

「ああ、お母さん。ベルナちゃんがねー、意地悪なんだよ」

夕食の準備で大忙しの私のところに、半べその幹太がやってきます。

「ベルナ、どいてやりなさーい。意地悪しちゃダメ、ノーだよ」

ベルナはやっと、テレビの前から離れました。そして私のそばにやってきます。けっこうルンルンと、機嫌《きげん》のよさそうな足音です。してやったりという気持ちなのでしょう。そして私の体に鼻の先をすり寄せます。悪気はなかったんだ、ちょっと仕返しをしただけなのさ、とでも言いたげに。

しかし、ベルナの仕返しがあまりにきつくて、私も思わず叱りつけることがあります。

家の中でひまなとき、いつもベルナはハウスに入っているわけではないのです。夏の暑い季節は、玄関《げんかん》のたたきやコンクリートの上に寝そべっていたり、冷蔵庫のドアに寄りかかっていたりします。冬の寒いときは、陽《ひ》射《ざ》しのよく入る畳《たたみ》の上にまるまっています。

その日は、台所の玄関に通じる場所に長々と寝そべっていました。向こうから来た幹太がベルナの上をとび越《こ》えようとした瞬間《しゅんかん》、ベルナがスクッと立ち上がったのです。

あっという間もありません。幹太の体は、おもいっきり台所の板の間にたたきつけられました。

もちろん、このベルナの仕返しは、私にきつくきつく叱られました。

雷《かみなり》さまのおいでだ

夕立ちです。

大粒《おおつぶ》の雨がベランダから降りこみます。

「ああ、たいへん」

私は大急ぎで、ベランダいっぱいに干した洗濯物《せんたくもの》を取りこみます。

ゴロゴロゴロ。

雷の音です。

「ほらほら、大特急。はやくしてよ」

あわてる私の声。

お手伝いをしていた幹太の手が止まりました。ウロウロとしていただけのベルナの足も止まりました。

「雷さまだ！　たいへんだあ！　雷さまのおいでだ」

幹太は自分のお腹《なか》をかくします。そして、つけっぱなしになっていたテレビをあわてて切ります。家中の電気もみんな消していきます。最後に、ベランダに出るガラス戸の敷居際《しきいぎわ》に立って、空に向かって叫《さけ》びます。

「雷さま、ボクはよい子です。ボクのおへそは一つしかありません。だからあげられないし、ちゃんとテレビも消しました。電気も全部消しましたよ。だから来ないでください。悪い子の方に行ってくださーい」

幹太は雷が苦手なのです。怖《こわ》いのです。聞いている私はおかしくて吹《ふ》き出しそうですが、叫んでいる幹太は真剣《しんけん》です。

以前、幸治さんが教えてくれました。雷さまは電気と子供のおへそを食べて生きているんだと。そしてこの地上には、ときおり、その大好物を集めにやってくるのだとも。

よい子でいれば大丈夫《だいじょうぶ》よ、雷さまなんか来ないわよと、私もそのときに言いました。

すっかり信じている幹太は、忘れずに必ずこの注意を守ります。いつもは出しっぱなしになっている下着のシャツを、きちんとズボンの中に入れます。家の中のテレビや電気も大急ぎで消すのです。

でもどうしたのでしょうか。雷のゴロゴロはどんどん近づいてきます。

「お母さん……」

不安そうな幹太の声。

「今日だけおりこうにしてもダメなのよ。いつもいつもおりこうではないでしょう。雷さまはチャーンとお見通しなんじゃないの」

私の答えは無情です。まったく無視されてしまいました。夕立ちはあっという間に通り過ぎていきました。あんなに激しくあばれまわっていた雷の音もやみました。

うそのように静かになりました。

「あれ、あの二人はどうしたんだろう?」

夕食の準備に夢中だった私は、ふと我にかえりました。

外も静かですが、家の中も静かです。雷が怖いと叫んでいた声も、カチャカチャという足音もしません。

テレビの置いてある部屋に行ってみました。

いません。テレビの前にもソファーの上にも。

「あれー、どこへ行っちゃったんだろうね」

私は独り言をつぶやきます。

クスクス笑いが聞こえてくれば、どこかにかくれているのですが、耳をすませてみますが、なんの音もしてきません。

別の部屋にも入ります。

夜、布団《ふとん》をしいてみんなで寝《ね》る部屋です。先ほどあわてて取りこんだ洗濯物の山。でもその近くに布団が引っ張り出されて、山のように置いてあるのです。

「おかしいわねえ」

私はまたしても独り言をつぶやきます。

なぜか押し入れのふすまが半分開いたままになっていました。私はそーっと開けてみます。

「まあ、こんなところに」

ベルナと幹太が、二人で押し入れの中で眠《ねむ》っていたのです。

怖さのあまり、二人は押し入れの中に逃《に》げこんだのでしょう。それも、じゃまになる布団をみんな引っ張り出して。

「いつの間にか眠ってしまったのね」

抱《だ》き合うようにして眠っている二人を、起こそうかどうしようか、私は少し迷います。それほど二人の姿は、微笑《ほほえ》ましくてかわいかったのです。

## やっぱりお姉さん

幹太の保育園生活も順調に進みました。

「園のお部屋にボクの絵が張ってあるよ」と聞くと、私はベルナと見に出かけます。ニコニコ顔の先生がその絵の説明をしてくださるのです。その説明を聞きながら、ベルナといっしょに絵を眺《なが》めるのがとても楽しみでした。

　ある日、幹太から「ボクの作ったおひなさまが飾《かざ》ってあるんだよ」と聞きました。

　さっそくベルナと保育園に出かけました。でも先生の顔はニコニコ顔ではない雰《ふん》囲《い》気《き》です。

　私の手のひらに、二つの紙ねんどの固まりがのりました。

「実はね、少し言いにくいんだけれど……」

　先生はためらいがちに話し始めます。

「幹太君のおひなさまの色が、少しおかしいのよ。ほら、なんとなくおひなさまの色ってあるじゃないの。でも黒や青で塗《ぬ》りたくっちゃって。幹太君のおひなさまだけが変てこりんなのよ」

笑って説明を聞いていた私でしたが、少し浮《う》かない気分になりました。

もしかしたら、目の見えない親に育てられた弊害《へいがい》では……。

たとえば家でチューリップの絵をかいていても、またお陽《ひ》さまの絵をかいていても、「上手にできたね」と声をかけてやるだけです。少しもアドバイスをしてやれません。たとえチューリップがどんな形になっていても、お陽さまがどんな色に塗られていても。

幸治さんをはじめ、何人かの友だちに相談をしてみました。

絵画教室に通わせたらという意見。どうせなら早い時期に習わせた方がいいわよ、というアドバイスもありました。

私は人に相談をすることで、自分の気持ちが冷静になっていくのを感じました。幹太の世界が広がっていけば、自分の世界を持つようになれば、物を見る目がしっかりとできあがるはずです。

大丈夫《だいじょうぶ》、きっと大丈夫という思いが芽《め》ばえて、問題はないと考えたのでした。

私は絵を見にいくだけでなく、保育参観や遠足、運動会にも、バザーや母子お楽しみ会にも、欠かさずベルナと張り切って出かけます。

でも、いつも困ってしまうことが一つあるのです。たくさんの子供たちが一度に動き回ると、目の見えない私には、どうしても幹太のいるところがわからなくなるのです。

ときおり、とんでもない方向から「お母さーん」と幹太に呼ばれてしまいます。そんな幹太の声はひときわカン高く、少しイライラしているようです。

またあんな方を見ているよ、お母さんは仕方がないなあ、とでも思っているのでしょう。それで、まったく違《ちが》う方向を眺めていたことに気がつき、私はあわてるのです。

でもあるとき、ふと気がつきました。

どんなに大勢の子供がいても、幹太の姿をベルナが目で追っているのです。ベルナの見ている方向からいつでも必ず、みんなより少しカン高い幹太の声が聞こえるのです。

これには私も驚《おどろ》きました。

「ベルナ、幹太はやはり弟なんだね。いつも気がかりな存在なんだね」

ベルナは、そんなの当たり前だよというように、鼻の先で私をトントンとつくのでした。

# ○―六章　老《お》いていく日々―○

## 心の目

ベルナも九歳《さい》になりました。

その年の春、幹太は小学校に入学しました。保育園の卒園式、そして小学校の入学式と、二つの大きな行事にも、ベルナは私と参加したのです。

入学式の朝、友だちのYさんが、かわいい花のコサージュを届けてくれました。

まず最初のコサージュは、いちばん張り切っている幹太の胸に付けられました。おめかしの幸治さんや私の胸にも、それぞれピンでとめられました。

そして最後の一つを手に持ったYさんが、ニコニコ笑って言いました。

「さあ、ベルナちゃんもおめでとうだからね。もう保育園には行かなくてもいいんだよ。今度からはお母さんといっしょに行くのはね、お勉強するお兄ちゃんやお姉ちゃんたちがいっぱいいる小学校なんだよ」

ハーネスのハンドルの横に、いいにおいのコサージュが針金《はりがね》でつきました。

「女の子っぽくってかわいいよ！」

幹太にほめられて、ベルナはちょっとテレましたが、でもうれしそうです。

入学式のあと、クラスで担任の先生からみんなにベルナが紹介《しょうかい》されました。

新しいクラスの記念写真にも、ベルナは私の横でおすましして、ハーイ、ポーズとおさまりました。

そしてまた、ベルナの新しい生活が始まったのです。

ピカピカのランドセルを背おった幹太は、「いってきまーす」と一人で学校に行ってしまいます。そして一人で、「ただいまー」と帰ってきてしまいます。

もう保育園のときのように、幸治さんや私やベルナの送りむかえはいらないのです。

だから、お昼が少し過ぎるとベルナは、幹太のランドセルのカタカタと鳴る音をひたすら待ちます。そして、幹太が玄関《げんかん》のドアを開ける前に、もうたたきに降りて、その瞬間《しゅんかん》を待っているのです。そのタイミングのよさは、階段をかけ上がってくる靴音《くつおと》がわかるのかしらと、私が不思議に思うほどです。

ドアが元気よく開きます。ちぎれるほどしっぽを振《ふ》るベルナは、「おかえりなさーい、学校で元気だった？」と言わんばかりの歓迎《かんげい》ぶりです。

新しい生活が少しずつ軌道《きどう》に乗り始めたころ、初めての保護者会がありました。

ベルナは学校への道、私の左横を歩きながら思います。今日のお母さんは、少し緊張《きんちょう》気味だなと。

大勢のお母さんたちの集まった保護者会です。

幹太の担任の先生が、「最近とても感激したことをみなさんにもお話しします」と言われました。

「郡司君にお母さんのことを、お友だちの前で話してもらいました。盲導《もうどう》犬《けん》といっても、ほとんどの子供が初めての体験です。それに犬が嫌《きら》いという子供もいるようですから、まず彼からみんなにお母さんのことを話してもらうのがいいと思ったのです。

そしたら郡司君が、『ボクのお母さんは目が見えません。だからいつでも盲導犬のベルナちゃんといっしょに歩きます。でもボクのことを心の目で育ててくれました』と言ったのです。

とても感激しました。ほんとうだなあと感心もさせられました。私たち目の見える人間は、ついつい見える部分だけで判断してしまいます。しかし心の目がいちばん大切なんだと思いました」

この突然《とつぜん》のエピソードに、私はたいへん驚《おどろ》きました。学校から帰ってくるや、いろんな話をしてくれる幹太でしたが、このことは私も初耳だったのです。

まわりに腰《こし》かけているお母さんたちのあいだにも、なんともいえない温かな空気が流れました。

でも、その場でいちばん感激したのは、私だったかもしれません。なにしろ、フワッと胸に熱いものがこみ上げてきたと思ったら、大粒《おおつぶ》の涙《なみだ》がポロポロとほおを伝わったのですから。

## 幹太のリハビリ

一年生の秋のことです。

私が掃除機《そうじき》をかけていると、電話のベルがリーンと鳴りました。

幹太の学校からです。

「保健室の先生が直接病院に連れていきますから、お母さんは保険証を持って病院に行ってください。もしかしたら骨が折れているかもしれません」

「ベルナたいへんよ、幹太が階段から落ちてケガをしたんだって！」

気持ちよさそうにお昼寝《ひるね》をしているベルナを大声で呼びます。もしかしたら骨が……。落ち着かなければと思うのですが、頭が混乱しています。

待合室にベルナと入っていくや、幹太がどこにいるのか、すぐにわかりました。「痛いよー、痛いよー」と大きな泣き声がしていましたから。その幹太にまとわりつきながら、ベルナは泣き顔を見上げます。

レントゲンの結果、右腕《みぎうで》のひじが折れていました。

治療室《ちりょうしつ》から出てきた幹太は、腕を三角巾《さんかくきん》で固定しています。やはり骨折がショックだったのか、ションボリとしています。いつもの元気はありません。ベルナがそんな幹太をのぞきこむように見ています。

ギプスは一カ月ほどで取れましたが、固定された腕が動きません。この腕をなんとか元の状態にしなければなりません。

手さぐりの子育てでしたが、大きなケガ一つさせずに、ヤケド一つさせずにここまで育てた我《わ》が子です。機能が回復しなければ一大事です。

幸治さんが患部《かんぶ》にハリをうちます。入浴のときには必死で筋肉をマッサージします。

それと同時に、リハビリに通う毎日が始まりました。加重をかけて、固定してしまった関節を動かすのです。

「やめて、やめてよ。痛いよー」

幹太の泣き声が上がります。廊下《ろうか》のベンチで待っている私たちにも、その悲鳴が手に取るように聞こえてきます。

その泣き声が聞こえてくるや、ベルナはすばやく反応します。スクッと立ち上がり、私に自分の顔を近づけるのです。私はベルナの頭をやさしくなでて言います。

「心配してくれているんだね。ありがとう、ベルナ。でもね、あれは必要なことなのよ。痛くても、いま完全に治しておかないとね」

幹太がリハビリ室から出てきました。とても痛かったのでしょう。不機《ふき》嫌《げん》そうにしています。その幹太にまとわりつき、体をすり寄せて、ベルナは大歓迎でむかえます。

幹太は、毎日休まずにリハビリに通いました。

季節は秋から春。そして初夏に移っていきました。

「もういいよ。これなら大丈夫《だいじょうぶ》。よくがんばったね」

幹太に先生が言われます。

「君もえらかったなー」

頭をなでてもらいながら、ベルナにもおほめの言葉がありました。

## 健康チェック

盲導犬《もうどうけん》は一年に一回健康チェックを受けます。

それは通院している近所の動物病院で受けてもいいのですが、アイメイト協会でも年に一日だけ検診日《けんしんび》を設けていました。

その指定日は、春のゴールデン・ウイーク前後の土曜日になるのが常でした。ベルナもこの検診日には、欠かさず協会で検診を受けてきました。

その日協会では、獣医《じゅうい》の先生の健康チェックだけでなく、ツメや歯石の手入れ、ブラッシングや耳などの手入れのチェック、盲導犬としてのしつけのチェックと指導もしてくださいます。協会の職員が総動員され、たくさんの犬を手際《てぎわ》よくチェックしていくのです。

この年の検診指定日がやってきました。

朝からよく晴れて、五月晴《さつきば》れです。

朝ごはんがすみました。私はランドセル姿の幹太に言いました。

「いいね。学校から帰ってきたら、このテーブルの上に置いてあるお弁当を食べるんだよ。遊びにいくときには、カギをかけるのを忘れないでよ。五時までには帰ってこれると思うけれど、夕方いつまでも外で遊んでいるんじゃないよ。わかったね」

私の注意に幹太はうんざり顔です。

「もうそれは何回も聞いたよ。一人でも大丈夫だよ。心配しすぎでうるさいよ」

ランドセルをカタカタと鳴らして、幹太は行ってしまいました。「いってきまーす」という元気な声だけがあとに残りました。

保育園に通っていた昨年までは、この検診日に幹太を連れて協会に行っていたのです。一年生になった今年、初めて幹太を置いての検診なのです。だから心配で、気がかりでなりません。

食事のあと、お茶を飲んでいた幸治さんが笑いながら言いました。

「君はしつこいんだよ。少し心配しすぎだよ。だいたいが『ベルナかわいや病』なのに、そのうえ『幹太かわいや病』だね」

一一時に家を出発するまで私は大忙《おおいそが》しでした。検診に出かけるとき、必ずワン（オシッコ）とツー（ウンチ）を持っていかなければならないのです。

ツーを取るのは簡単です。朝、排泄《はいせつ》されたウンチを少しビニール袋《ぶくろ》で取ればいいのですから。

それに比べると、ワンを取るのはたいへんです。ワンの体勢になったタイミングをとらえて、そっと背後から手をさし入れます。ビニール袋の中にうまくワンが入るようにしなければなりません。

ベルナは体こそ二七キロと大きいのですが、気は針金《はりがね》のように細くて繊細《せんさい》でした。だから私がワンを受け止めるように、ビニール袋を手に巻いて背後に立っただけで落ち着きません。

なにをするんだろう？　いつもと違《ちが》って、今日はなんだかあわてているなー。

ベルナはこう思っているようです。

「ベルナ、怖《こわ》いことないんだからね。ただワンを取るだけ、あなたは普段《ふだん》通《どお》りワンをすればいいのよ。なんにも気にしなくっていいのよ」

せまいベランダで私は、ベルナをなだめたりすかしたりの大奮闘《だいふんとう》です。

やっと待望のワンがビニール袋の中に取れました。私はホッとしました。

ヤレヤレです。

さあ、これで出かけられます。

## 白内障

協会の検診会場です。

「郡司さーん」

獣医の先生に呼ばれました。

すでにベルナは診察台《しんさつだい》の上でかしこまっています。

「ベルナの目に白内障が出ていますね。そろそろリタイアを考えた方がいいかもしれないよ」

白内障⁉

リタイア⁉

私は驚《おどろ》きました。夢にも考えていなかったことです。一瞬《いっしゅん》にして、頭の中がリタイア、リタイアと渦巻《うずま》き、パニック状態になりました。

盲導犬には現役《げんえき》を引退するリタイアという制度があります。それは病気やケガをしたとき、そして老いによって体の機能に障害が起きたときに取られる措置《そち》なのです。

盲導犬としての働きに支障をきたすようになった犬たちは、目の見えない主人と別れて、新しい家庭に引き取られていきます。そこには普通《ふつう》のペット犬としての、盲導犬とは違った幸せな日々があります。またリタイア犬だけを集めて老犬ホームを作っている盲導犬協会もあります。

リタイア犬に新しい主人との出会いがあるように、元の主人にも新たな盲導犬《もうどうけん》との出会いがあります。そして、ふたたび新しい犬とパートナーを組むための厳しい訓練が待っています。

でもその前に、犬も人間も悲しい別れを味わい、それを乗り越《こ》えなければなりません。

私は気持ちを取りなおして、やっとの思いで言いました。

「とても私には、ベルナの目が見えないなんて思えません。いつでもちゃんと誘導《ゆうどう》してくれますし、階段だって踏《ふ》みはずすこともないんですから」

私の必死の訴《うった》えに、先生は少し言葉をやわらげて言われました。

「いやいや、すぐにリタイアというわけではないんだよ。それに犬はね、聴覚《ちょうかく》や嗅覚《きゅうかく》をはじめあらゆる感覚が鋭《するど》いから、視覚が少しくらい衰《おとろ》えても大丈夫《だいじょうぶ》なんだけれどね。驚《おどろ》くことに、犬はほとんど視力がなくなっても、慣れている道なら間違えずに歩けるほど、感覚的には優《すぐ》れているんだよ。でもね、白内障が出てきたってことは、そろそろリタイアを考えておいた方がいいと思うんだ」

帰り道です。

私はションボリです。リタイア、リタイアという言葉だけが、頭の中を行ったり来たりしています。

ベルナの目に白内障が……。

そう言われてみれば、思い当たることがありました。

近ごろのベルナは、明るいところから暗いところに入ったとき、またその反対の場合にも、一瞬とまどった様子を見せることがありました。

それに薄暗《うすぐら》い場所でドアや階段を探したりするときも、以前より時間がかかるようでした。

「見えにくかったんだね。それに少しも気がついてやれなくて。ごめんね、ほんとうにごめんね」

幹太の成長は、目の見えない幸治さんや私にとって、とても楽しみなことでした。日一日と体が大きくなっていき、頼《たの》もしく成長していく姿は生活の糧《かて》でもありました。でも、それと同時にベルナの老いが急速に進んでいることを、少しも考えていませんでした。

「ベルナちゃんは牛乳の飲みすぎだよ。毛が牛乳の色に染まってきたよ」

最近よく、幹太がベルナを、そう言ってからかっていることがありました。ベルナの毛が白髪《しらが》になっていたのです。

人間の生活する一年と、犬の一年は、加わる年齢《ねんれい》の重みが違《ちが》ったのです。ベルナの九歳《さい》は、人間の九歳とは比べようもないほど重かったのでした。

私は数ヵ月前のことを思い出しました。

その日、私とベルナはある会合があって、電車に乗って出かけました。その会場の重い玄関《げんかん》のドアを開けて、建物の中に入りました。ななめ前に階段があるはずです。何度も来ている建物なので、私は様子がよくわかっていました。

「ブリッジ(階段)」

いつもはサッと階段のところに行くのに、そのときのベルナはどうしたのでしょうか、なんだか様子が変なのです。とまどい、迷っているかのようです。

私はベルナに顔をしかめて、少し口をとがらせて言いました。

「ベルナ、ブリッジだよ。どうしたの？　だめじゃないの」

ふざけているんだと思ったのです。そして「ノー」と、強くチョークをしました。

階段を数段上がったところで、うしろから男の人の声が聞こえました。

「あれー、どうしたんだろう? 血だ。ああ、たいへんだ。奥《おく》さん、たいへんだよ。犬の足から血が出ているよ」

えっ、ベルナの足から血ですって⁉

「ああ、ツメがはげている。ドアではさんだんだな」

私は心臓《しんぞう》が止まりそうでした。

いま押《お》して入ってきた重いドア、あのドアの閉まる速さに、ベルナのうしろ足がついてこれずに、ツメをはさんでしまったのでした。

「これはすぐに病院へ連れていった方がいい」

男の人はベルナを抱《だ》きかかえて、いっしょに近所の動物病院に行ってくださったのでした。

ああ、あのときも……。

外の明るさから建物の薄暗さに、ベルナの目がついていけなかったのでしょう。だから敏速《びんそく》に行動ができなかったんだね。

私は悲しく思い出したのです。

## 手放せない！

二、三日、私はリタイアということを考えつづけました。

しかし考えても、思いは行きつ戻《もど》りつするだけで、結論は出ません。

そろそろリタイアを、と決断する時期が重要なことでした。私はベルナの白内障を十分に意識して歩いてみました。それほどのことでもないように思えます。少し私が注意していれば、なんとかなるように思えたのです。

それに、なんと言ってもベルナのかわいいこと。それがいちばん私の決断を鈍《にぶ》らせます。ベルナは幹太と同じように、まぎれもない我《わ》が子だったのです。

思いを巡《めぐ》らせていたそんなある日、友だちのYさんの家に遊びに出かけました。そしてこのことを話したのです。

ベルナは私とYさんのあいだに入って、体を長々と伸《の》ばして眠《ねむ》っています。気持ちよさそうな、グーグーという寝息《ねいき》が、先ほどからうるさいくらいです。

「……だからね、リタイアさせるかどうか、とても迷っているの。長い目で考えたら、今どんなにつらくても、リタイアさせた方がいいかもしれないと思うし……」

そうしたらどうでしょう。

今の今まで、グーグー眠っていたはずのベルナが、サッと立ち上がったのです。そしてすごい勢いで私に抱きついてきます。いやだ、いやだと言うようにしがみつき、私の顔をぶあつい舌でなめるのです。

ああ、ベルナは手放せない！　ベルナをリタイアさせることはできない！

私は心の底から思いました。

いろいろ考えた末、思い切って幸治さんや幹太、それに親しい友だちに話しました。ベルナの目に白内障が出てきて、物が見えにくいときがあることを。だから機敏に行動できないときがあるけれど、そんなときは協力してねと。

そして以前よりいっそう、毎日のブラシがけを丹念《たんねん》に、丁寧《ていねい》にするように心がけます。老いていくベルナがみすぼらしい姿にならないように、少しでも若々しく見えるようにと願うのでした。

## エスカレーター騒動《そうどう》

幹太が小学生になると、ますます家族で出かけることが多くなりました。それも新幹線に乗ったり、在来線の特急に乗ったりしての遠出が多くなったのです。

私の田舎《いなか》の新潟も、幸治さんの田舎の福島にも出かけました。

旅先でのトラブルもあまりなく、たとえ入店を断られても、盲導犬《もうどうけん》であることを話せば、なんとかわかってもらえました。

それでも私は、旅先で気まずい思いをするのはいやなので、宿泊《しゅくはく》は必ず盲導犬もいっしょであることや、お部屋の中まで入れてもらえるかを確認《かくにん》して出かけるのでした。

地方に出ていくと、盲導犬を初めて見ましたと言う人たちが意外に多いのに驚《おどろ》かされます。

ある旅先でのことです。

目的地に行くためには、この駅で新幹線から在来線に乗り換《か》えなければなりません。

ベルナの目に白内障が出てからは、電車を乗り降りするときやホームを歩くとき、細心の注意を払《はら》うようにしてきました。

ホームから落ちて電車にひかれたりすれば、取りかえしのつかない大事故になります。

しかし問題はそれだけではすみません。

視力に障害のある犬を盲導犬としていたための事故として、大きな社会問題になってしまいます。たんに私とベルナのことだけでなく、実働している盲導犬や、その盲導犬の使用者すべてに問題が波及《はきゅう》してしまいます。かわいいから手放せない、長く家族として暮らしてきて我が子も同然、などといった感情論は通用しないのです。

だから不慣れな駅での乗り換えや、初めてのホームでの歩行には、どうしたらいいのか、いつも頭を悩《なや》ませます。

特に旅先では万全の注意が必要です。

あるとき、あらかじめ届け出をすれば、電車の乗り換えなど、駅で誘導《ゆうどう》してもらえる制度があることを知りました。旅行に出かけるときには、いつでもその制度をお願いすることにしました。

その駅でも新幹線を降りると、駅員さんのにこやかな声がかかりました。届け出のときに、乗っていく座席番号を告げていたので、降車口で駅員さんが待っていてくださったのです。

「ローカル線のホームは、ここよりかなり下がることになります。だからホームの移動には階段ではなく、エスカレーターを使っていただこうと思いますが、エスカレーターは大丈夫《だいじょうぶ》ですか？」

「はい、なんの問題もないと思います」

私もにこやかに答えました。ベルナはいつでも、エスカレーターの乗り降りはとても上手です。

「エスカレーターは危険なので、一度動きを止めてから利用していただこうと思っております」

「いえ、エスカレーターはよく使って慣れていますから、普通《ふつう》の人たちと同じような方法で大丈夫です」

「いやいや、事故があっては困りますので」

「それなら階段を使わせていただいた方が……」

横を歩いていた駅員さんの足が止まりました。私の足もベルナの足も止まりました。幸治さんや幹太の足も止まります。

駅員さんが困ったように言いました。

「なにしろ盲導犬は初めてのケースなので、実は駅長も助役も、ともにエスカレーターの前で待機しているのですが……」

みんなの足は重く沈《しず》みがちになって、エスカレーターの方に向かいます。

駅長さんも助役さんも、にこやかな様子でむかえてくださいました。

「さあ、まず犬といっしょにこの板の上に乗っていってください。いいですか。手すりにしっかりとつかまっていてくださいよ。動かしますからね」

まだ段になっていないエスカレーターの階段部分に乗りました。スイッチが入って、エスカレーターが動き始めます。体がフワッと動いてバランスがくずれます。

そのままエスカレーターは下っていきます。

「ストップ」

いっしょに乗ってきた駅長さんの声がかかり、エスカレーターのスイッチが切られました。私の体はガクガクとして前につんのめり、反動でうしろに尻《しり》もちをつきそうになりました。

ベルナのハーネスをしっかり握《にぎ》って、エスカレーターを降ります。私は誰《だれ》にもわからないように、そっとため息をつきました。手すりをつかんでいた手のひらや、ハーネスをつかんでいた手にも、汗《あせ》がにじんでいました。

いやあ、無事に降りられてよかった、やはりエスカレーターを止めてよかったと、駅員さんたちが口々に話をしています。私はホッとした気持ちで、

「ありがとうございました。ほんとうに助かりました」

と言って、深くく頭をさげました。

旅行はいろいろな人との出会いがあり、ふれ合いがあって、とても楽しいものです。

もちろん、気まずい思いをしたこともありました。たまたま座席がいっしょになった人から、犬は苦手なので席を動いてほしいと言われたときもありました。

ベルナは話のやりとりでわかるのか、そんな雰囲気《ふんいき》にはとても敏感《びんかん》です。自分のことでもめている、受け入れられないで私が苦戦していると思うや、ションボリと首をうなだれたり、大きな体を小さくして私のうしろにかくれるようにするのでした。

だから私は、旅先ではトラブルのないように、楽しい気持ちのままに旅行が終わるように心がけていました。

またあるときは、降りる駅が近づいてきたので、ベルナを座席の足元から通路に出すや、「ワーッ」という歓声《かんせい》がまわりから上がりました。犬がいたなんて少しもわからなかった、気がつかなかったわね、ほんとうにおりこうなんですね、とみんな口々に話しています。

ベルナは自分を受け入れてもらえる空気にも敏感です。私の体を鼻の先でつつき、得意そうに顔をスッと上げるのです。

ほらほら、あんなことみんなが言っているよ、ほめられているみたい、とでも言わんばかりなのです。

「もう無理です」

ベルナは一〇歳《さい》になり、そして一一歳になりました。

楽しい日はつづいていたけれど、ベルナの老いが深刻に進んでいるのに、

私は気がついていました。

そして一一歳の春の検診《けんしん》指定日です。

その春、幹太は小学三年生に進級しました。

「ベルナちゃん、電車の乗り降り、ちゃんと注意するんだよ」

幹太はそう言うと、ランドセルを鳴らしながら学校に出かけました。

「気をつけて行くんだよ」

幸治さんもカバンにお弁当を入れて、ハリ治療室《ちりょうしつ》に出かけてしまいまし

た。

「さあ、ベルナ行くよ」

誰もいなくなった家の中に、少し緊張《きんちょう》気味の私の声が響《ひび》きます。ハーネスを手に持てば、うれしそうなベルナの足音がかけ寄ってきます。

ベルナの視力がますます弱っているようです。だから電車を使っての外出には、注意の上にも注意を払《はら》わなければ、たいへんなことになります。もしホームから転落したら、私もベルナも生きてはいられないでしょう。

その危険なホームの上を歩かない、歩くにしても最短距離《きょり》にするにはどうしたらよいか。出かける前に、まずそれを考えるのです。

今日も降り口が階段の近くになるように、不慣れな駅のホームを歩かないように、十分に計算して乗りこみました。

五月晴《さつきば》れのよいお天気です。

ゴールデン・ウイーク明けの車内はすいていました。

ゆっくりとシートに腰《こし》をかけていましたが、私の気持ちは重く沈んでいました。昨年一〇歳の検診で、「いやー、白内障がずいぶん進んでしまったね」と獣医《じゅうい》の先生に言われたのでした。

あれから一年、今年はなんと言われるだろう……。

白内障が出始めたときから、一日も欠かさずに朝夕、目薬をベルナの目にさしてやりました。でも白内障の進行は、そんなことでくい止められるものではありません。

検診の会場です。

「郡司さーん」

名前を呼ばれて、私は声のする方向に行きました。

すでにベルナは診察台《しんさつだい》の上です。

「ベルナの目は盲導犬《もうどうけん》としてはもう無理です。白内障が進んでいて、深刻な状態です。ベルナの目は、あなたが想像している以上に悪くなっています。片方の目は見えていませんね。見える方の目も、まあ、影《かげ》ていどしか見えていないと思います。あなたの気持ちはよくわかるけれど、目がこれだけ衰《おとろ》えていれば、体だって同様に衰えているということなんだよ。ベルナは盲導犬として限界だと思ってください」

先生は静かな声で話されました。でもその一言一言が、私の胸に深く響くのでした。

帰りの電車の中、私は人目をはばかることもなく泣きました。

ふいてもふいても、ほおに涙《なみだ》がこぼれ落ちます。

ベルナは足元にダウンして、そんな私の様子を心配そうに見ています。

「ベルナ、いよいよお別れしなければいけなくなるね」

頭をなでてやれば、ベルナは心細そうにその手をなめるのでした。

ボクが目になるよ

私は考えました。

くる日もくる日も、ほんとうに頭が痛くなるほど考えたのです。

でも、どんなに考えても結論の出るものではありませんでした。

幹太が学校に、幸治さんがハリ治療室に出かけたあと、朝食のあとかたづけも忘れて、私はまたも堂々《どうどう》巡《めぐ》りにとらわれるのでした。

私はベルナがかわいいのです。ずっといっしょに暮らしていたいのです。

ベルナだって、この家にいるのがいちばんの幸せに決まっています。

でも、ここでこうして暮らしていくということは、目の見えない私とパートナーを組みつづけるということは、ベルナはあくまでも盲導犬でなければならないということです。

そしてそのベルナの目は、盲導犬の仕事に耐《た》えられないほどに衰えているのです。

どんなに考えても、堂々巡りの思いから抜《ぬ》け出せるものではありません。イスに腰をかけて考えこんでいる私の足元に、ベルナは寄りかかるようにしてダウンしています。ここ何日か深刻に考えこんでいる私のそばに、ベルナはまとわりついて離《はな》れないのです。そして不安そうにときおり私を見上げて、ぬれた鼻の先で私の手をつつくのです。

「ねー、ベルナはどっちがいい？　このままこうしていたいけれど、でもそうしたらベルナには、盲導犬としてのお仕事がついてまわるしね。それよりも、よそのお家でかわいいベルナちゃんになった方が幸せかな……」

私はベルナの頭をなでてやりながら話しかけます。

ベルナといっしょに過ごしてきたいろいろな思い出が、さまざまな出来事が、走馬灯《そうまとう》のように思い出されます。

顔中を涙だらけにして頭をなでている私を、ベルナはじっと見上げています。

私はほんとうに悩《なや》みつづけました。

でも、思いが深刻なだけに、このことを誰《だれ》にも話す気持ちにはなれませんでした。私はしばらくのあいだ、一人だけで考えていたかったのです。

そして、ある日の夕食後の時間です。

私は重い口を開き、幸治さんと幹太に、ベルナの目が深刻な状態になっていることを話しました。協会で検診を受けてから、一〇日ほどが過ぎていました。

「そうか、限界か……。思い切ってリタイアさせた方がいいよ。今ならベルナはまだ十分にかわいいから、もらわれていった家でも、新しい家族にかわいがってもらえるよ。その方がベルナにとっても幸せかもしれないじゃないか」

食後のお茶を飲みながら、幸治さんが言いました。

「そんなに簡単に結論を出してもいいの⁉　私たちにはベルナと過ごした一〇年以上の家族の歴史があるのよ。ベルナがいたから幹太をここまで育ててこれたのよ。それを忘れてはならないと思うの。第一、新しい家族にかわいがってもらえるかどうか、保証はないのよ」

視力の衰えたベルナのことを思い、そのベルナといっしょに歩くカンの鈍《にぶ》い私のことを心配しているとはわかっていても、私はやはりだまっていられませんでした。

「みんな家族として、こうして同じ家の中で暮らしてきたのよ」

私は流れる涙をぬぐわずに話しつづけます。

でも私の心の奥《おく》には、かすかでしたが覚悟《かくご》ができていたのでした。

リタイアさせよう。どんなにかわいくても、リタイアを考えなければいけないと。

「お母さん、大丈夫《だいじょうぶ》だよ。ベルナちゃんとずっといっしょに暮らしていけるよ」

それまでだまっていた幹太が、とつぜん私に言いました。

「ボクがベルナちゃんの目になってあげるからね。そうしたら、ずーっとベルナちゃんといっしょに暮らしていけるでしょう？」

私は思わず目を見張りました。

「幹太、ほんとうにそう言ってくれるの？　ほんとうにそう思ってくれるの？」

「うん！」

「あなたも大きくなったんだね。お兄さんになってくれたんだね……」

私の心にも、幸治さんの心にも、温かな思いが満ちてきました。

私のほおに新しい涙《なみだ》が伝わります。

幹太がベルナの目になってあげると言ってくれたことが、つまりベルナといっしょに暮らしつづけることを考えてくれたことが、私にはなによりの宝だと思いました。

「そうか。幹太がそう言ってくれるなら、大丈夫だな」

幸治さんもうれしそうです。

「さあ、乾杯《かんぱい》しよう。新しい家族の出発だ。幹太がこれからはベルナのお兄さんになるんだからな」

幸治さんの声がはずみます。

「わーい、乾杯だ。お母さん、ボクには牛乳を出してね」

幹太もうれしそうです。

あわててコーヒーの豆をひく私も、涙でぬれた顔をクシャクシャにして微笑《ほほえ》みます。

でも、今いちばん幸せなのはベルナでしょう。みんなのやりとりを私の足元で聞いていたベルナが、大はしゃぎをしています。太いしっぽを大きく振《ふ》って、幹太や幸治さんにかけ寄ります。

「乾杯、幹太よろしくね」

「かんぱーい。ベルナちゃん、がんばろうね」

私たちは、また新しい一歩を踏《ふ》み出しました。

# ○——七章　ベルナの〝反乱〟——○

## ハーネスが泣く

ベルナの新しい生活が始まりました。

「さあ、ベルナお出かけだよ」

すでに外出の支度《したく》をした幹太が、玄関《げんかん》の外で「早く、早くしてよ」と言いながら待っています。

家のまわりを歩いての外出や、バスを利用しての外出は、ベルナと二人だけでも大丈夫です。なにも危険を感じることもなく、十分にできるのでした。

だから幹太には、電車を使うときだけお手伝いをしてもらうことにしました。

今日も、幹太が学校から帰るのを待っての外出です。

「ベルナちゃん、今日はね、JRから地下鉄に乗り換《か》えるんだよ。階段がたくさんあるよ。がんばろうね」

幹太に励《はげ》まされてのお出かけです。

検診《けんしん》のとき、獣医《じゅうい》の先生が「目がこれだけ衰《おとろ》えていれば、体だって同様に衰えているということなんだよ」と言われました。

確かにそうでした。

近ごろのベルナを見ていると、悲しいけれど、それを認めざるをえません。階段を目の前にすると、一瞬《いっしゅん》ベルナの足はとまどい、ためらいを見せるのです。脚力《きゃくりょく》がついていけずに、階段を力強くかけ上がったり降りたりすることができません。

でも、そんな状態になっても、やはりベルナは外出が大好きなのです。私が服を着替《きが》えたり、ハンドバッグの中身を点検し始めるや、家のどこにいてもかけ寄ってきます。ねー、お出かけなの？　私もいっしょにね、と言わんばかりです。

そして私のそばを片時も離《はな》れません。ハーネスをつけるまで、ウロウロとついてまわります。右に行けば右に、左に行けば左に。まるでベルナは私の影《かげ》になったようです。

「ベルナ、ゴー。さあ、元気で気をつけて行こうね」

私の左側に、ハーネスをつけたベルナがいます。そして右うしろから幹太がついてきます。

視力を持たない私と、白内障になってしまったベルナが、パートナーを組んでいきます。このために、幹太の目は不可欠なものでした。

こうして外出することがいちばんいいのだと、私は思いました。そしてベルナだって満足しているものだと、信じて疑いませんでした。

ところが、ところがです。

ベルナがこうした外出には、満足できなかったのです。不満だったのです。

私は歩きながら、右うしろにいる幹太とばかり話をします。学校で今日あったこと、お友だちの話、新しく出たゲームのこと、いつもいつも、私の顔は右を向いています。

幹太と話す私は、ニコニコ楽しそうに笑っています。でも、少しも「ベルナ」とは言ってくれません。ベルナはいつでも仲間はずれです。

電車のキップを買うとき、ベルナは、キップだよと教えようとします。

しかし、すぐ幹太が私に言います。

「キップだ。お母さん、キップ買うんでしょう？」

幹太は私からお金を受け取ると、キップの自動販売機《はんばいき》に勝手に行ってしまいます。

改札口を私に教えるのも幹太がやってしまいます。

階段の前まで行くと、「階段だよ」と言ってしまうし、電車の乗り降りも、幹太がみんな勝手に私に教えてしまうのです。

ベルナの出番が少しもありません。

だから、だんだんつまらなくなってきました。盲導犬《もうどうけん》としてのベルナです。プライドというものがあります。背中にハーネスをつけているのです。これではハーネスが泣いてしまいます。

ベルナは情けなくなってきました。

だからしょんぼりと歩きます。私の左側にピッタリとついていなければならないのに、ベルナの足はどんどん遅《おそ》くなっていきます。

「どうしたの？　ベルナ？　疲《つか》れちゃったの？　もう少し速く歩いてよ。これじゃあ左手が重くって」

ベルナの足が遅いので、ハーネスを握《にぎ》る私の左手が、どんどんうしろに引っ張られてしまいます。

私はついにハーネスのハンドルを握るのをやめました。右手で幹太の腕《うで》につかまることにしたのです。ベルナはハーネスをつけていても、私と引き綱《づな》でしか結ばれなくなりました。

私は遠出の外出の場合、仕方がないと思いました。盲導犬ベルナとしていっしょに暮らすためには、リタイアさせないで暮らしつづけるためには、こういう方法しかないんだと思ったのです。

ベルナだってわかってくれる。近くに出かけるときや、バスに乗って外出するときは、ベルナと二人でなんとかパートナーを組んでいるのだから。私はそう思うことで、自分の気持ちを納得《なっとく》させました。

でも、ベルナの気持ちを深く思いやることを忘れていました。ベルナは不満だったのです。しかも、イヤでイヤでたまらないほど不満だったのです。

そして、ベルナのその不満は、日に日に増していくことになりました。急いで用件をすませたいときや、重くて大きな荷物を持っての外出や、雨降りでカサをささなければならない場合にも、私はこう言うようになったのです。

「ベルナ、すぐに帰ってくるからね。ちょっとのあいだだからね。おりこうでお留守番していてね」

## 宇宙遊泳

「ただいま」

私が玄関《げんかん》のドアを開けます。

ちぎれるほどしっぽを振《ふ》るベルナが迎《むか》えてくれます。冷たくぬれた鼻で、私の手や足をつつきながら、体をすり寄せてきます。

遅かったねー、どこへ行っていたの？ ずっとずっと待っていたんだよ。

ベルナは体全部で、そう訴《うった》えているようです。

靴《くつ》をぬいで、玄関マットの上に足を乗せます。

温かいのです。

ベルナがその上にダウンして、帰りをひたすら待っていたのです。マットが温かいほど、ベルナの待ち時間が長かったことになります。

私はその温かさを足で感じながら思います。寂《さび》しかっただろうに、心細かっただろうに、じっと待っていたんだなあと。

「おりこうにしていられたのね。お留守番ありがとうね」

私は、すり寄ってくるベルナの頭をいっぱいなでてやります。

「ボクだっておりこうだよ。おつかい、いっしょについていってあげたんだからね」

見ていた幹太が口をとがらせて不平を言います。

そして、ある日のことです。

その日も私は、幹太が学校から帰ってくるのを待って、あわただしく出かけました。そして出先で思いがけないほど手間どり、ずいぶん時間がかかってしまいました。

玄関ドアを、いつものように開けます。どんなにかベルナが、首を長くして待っているだろうと思ったのです。

しかし変なのです。

いつものように鼻の先でつつくベルナはいません。しっぽを振るベルナも、体をすり寄せてくるベルナもいません。

「あれー、ベルナがいないよ」

私のすっとんきょうな声に、うしろから家の中をのぞいた幹太が驚《おどろ》いて言いました。

「ああ、たいへんだよ！　ティッシュペーパーが家の中で宇宙遊泳しているよ！」

ベルナを一人置いての外出の場合、ワンやツーのときに困らないよう、ベランダのガラス戸を一枚開けて出かけます。だから玄関のドアを開けると、風が通って、家の中の空気が動くのでした。

ティッシュペーパーがフワフワしている中を、私はベルナの名前を呼びながら家の中に入りました。

「ウーン」

不満そうに、のっそりとベルナが出てきました。ハウスの中からです。

ベルナは私を見ると一瞬《いっしゅん》ためらいを見せました。でも、すぐにいつものベルナに戻《もど》って、私を鼻でつつき、体をすり寄せてくるのでした。

「ベルナ、いったいどうしたっていうの、このティッシュペーパーは?」

私の声に、ベルナは一目散にハウスの中にとびこみます。

その逃げ足の速さには、私がびっくりするほどでした。

あまりのつまらなさに、棚《たな》の上のティッシュを一枚ずつ引っ張り出して遊んでいたのでしょう。床《ゆか》に転がっているティッシュの箱は空っぽです。

「仕方がないわねー」

そう言いながら、私が部屋をかたづけ終わるのを待っていたかのように、ベルナがハウスからかけ寄ってきました。手をさし上げて、体をすり寄せてあまえるのです。愛敬《あいきょう》をふりまくベルナを見ていると、私は叱《しか》るのも忘れて笑ってしまいました。

## タヌキ寝《ね》入《い》り

ティッシュの箱をかたづけて出かけると、次はビニールの袋《ふくろ》でした。

玄関のドアを開けると、ビニール袋がフワフワと宇宙遊泳していました。

台所に置いてある袋を一枚ずつ引っ張り出して遊んでいたのでしょう。

そして、やはり家の中は静かです。ベルナはハウスの中でタヌキ寝入りをしているのです。

「ベルナ、ベルナちゃん。どうしたんですか？　お家の中はビニール袋だらけですが」

私は笑いをこらえて、ベルナの大きなお尻《しり》をたたきます。

いたずらをしたときや、なにか自分にとって都合の悪いことがあるとき、ハウスで寝るベルナの姿勢は決まっていました。壁《かべ》の方に頭を向けているのです。だから大きなお尻は入り口の方にあるのです。

ベルナはとぼけた足どりで、ハウスから出てきました。そして、あらん限りのおあいそをふりまくのです。

ある日のことです。

「ただいま」と玄関を開けました。

やはりこの日もベルナは出てきません。ハウスの中でタヌキ寝入りを決めこんでいます。なにかいたずらをしているはずです。

ところが不思議なことに、そのいたずらがわからないのです。

「おかしいわねー」

私が小首をかしげます。

「変だなあ。いったいなにをやったんだ、ベルナちゃんは？」

幹太も不思議そうです。

そしてハウスから出てきたベルナも、どこか落ち着かないのです。いっいたずらが見つかるかと、ビクビクしているようなのです。

「なにをやってくれたんだろうね？」

私も幹太もキツネにつままれたようです。

でも、そのいたずらはすぐにわかりました。夕食の支度《したく》をしながら、私は植木鉢《うえきばち》に水をまくためにベランダに出ました。

ベルナもうしろからついてきます。

きれい好きのベルナは足の裏がぬれるのが大嫌《だいきら》いです。だから水まきのときは、いつでも敷居際《しきいぎわ》にダウンして眺《なが》めているのです。

しかし、今日のベルナはダウンなどしません。敷居際に突《つ》っ立って、私の様子をうかがうように眺めています。いつ、いかなるときでも逃《に》げ出せるような体勢です。

ひまわりがグングンと大きくなっていく時期です。

私は朝夕、水をやりながら、大きく伸《の》びていく様子を手で確かめるのが楽しみでした。

「あれー、どうしちゃったんだろう？」

思わず私はつぶやきました。

花芽の部分がないのです。茎《くき》だけがつんつんと立っています。

急いでほかの鉢も手でさぐってみます。みんなそういう状態になっています。そして食いちぎられた花芽の部分が、無残にもあちこちに散乱しています。

「ベルナか！」

一目散にかけていく足音。

朝夕ベルナは、私がベランダで植木をいじっているのを眺めていました。だからいま私が、どの植木にいちばん手をかけているかちゃんと知っているのです。

ベルナのいたずらは、ちゃんとその植木に狙《ねら》いが定まっていました。

## オオカミおばさん

ベルナが赤ずきんのオオカミおばさんになった日もありました。

やはりその日も、玄関《げんかん》を開けてもベルナの姿は現れません。またなにかをしでかしたなと私は思います。

うしろから家の中をのぞいた幹太が、すっとんきょうな声を上げました。

「たいへんだよ。台所の床《ゆか》が粉だらけになっているよ」

「ええ、粉だらけ？」

あわてて靴《くつ》をぬいで台所に入ります。私は粉と言われてもピンとこなかったのです。

ほんとうにたいへんです。台所の床だけでなく、畳《たたみ》の部屋も粉だらけです。

空っぽになった小麦粉の袋《ふくろ》が、クチャクチャになって、テレビの前に投げ出されていました。

そしてベルナといえば、ハウスでタヌキ寝入《ねい》りをしているのです。

昨夜、夕食にテンプラをあげました。そしてついウッカリと、使いかけの小麦粉の袋を、棚《たな》の上に置いたまま忘れていました。

「あれー、ベルナちゃん、どうしたの? おかしいよ、まるでオオカミおばさんみたいになっちゃってさ」

ハウスでタヌキ寝入りを決めこむベルナの様子を見にいって、幹太が大笑いをしています。

なにかいたずらをするものはないかと、ベルナはその袋を見つけたのでしょう。そして、その袋を口にくわえて家中を引っ張りまわし、しばらく遊んだのでしょう。夢中で遊んでいるあいだに、粉はまきちらかり、そして頭からかぶってしまったのでしょう。

掃除機《そうじき》で粉の始末をしているあいだも、ベルナのタヌキ寝入りはつづきます。

ふき掃除もすんで、ヤレヤレとしたところで、ベルナはのっそりとハウスから出てきました。ばつの悪そうな、私の様子をうかがっているような足どりです。

「オオカミおばさんが出てきたよ。赤ずきんちゃんは、いったいどこにかくしたの？」

幹太は笑いながらベルナをからかいます。

「ほんとうにね。ベルナちゃん、オオカミおばさんになんか、ならなくっていいんだからね。ちゃんとお留守番をしていてよ」

私もつい叱《しか》るのを忘れて、笑い出してしまいます。

顔といわず、体といわず、粉だらけになったベルナも、恥《は》ずかしそうにしています。それでも愛敬《あいきょう》をふりまき、私にすり寄ってくるのです。こんなはずではなかったんだ、とでも言うように。

体や顔の粉はなんとか取れました。しかし鼻の先についた粉はなかなか取れません。ベルナの鼻はしばらくのあいだ、白黒のまだら模様です。

「どうしたの、ベルナちゃん？　お鼻の先に薬なんかつけちゃって」

会う人ごとに聞かれて、私はニヤニヤしますが、ベルナはとても恥ずかしそうです。

## 命にかかわる

しかし笑っていられる場合ばかりではありません。

いたずらは、どんどんエスカレートしていきます。仕方がないと言いながら、笑っていられるあいだはまだよかったのです。

いたずらの中身が深刻になってしまったとき、私は頭をかかえました。

幹太のオモチャをいたずらするのです。

プラスチックのオモチャをいたずらしているあいだに、かけらを飲みこんでしまうのでしょう。ツー（ウンチ）の中にとんでもない異物がまぎれこんでいるのを、始末している私の指は見つけました。

これは困ったと私は思いました。

半べそをかいている幹太に私は言います。

「かたづけをちゃんとしていないからよ」

でもベルナのいたずらはつづきます。机の上に置いてあるオモチャにも、棚の上のオモチャにも。

いたずらは、どんどんエスカレートしていきます。そしてもっと大きな問題を引き起こし始めたのでした。ベルナは、生ゴミのバケツにいたずらを始めたのです。

あるとき帰ってみると、バケツのふたがはずれていました。そして生ゴミが外に引っ張り出され、台所のあちこちに散らばっていたのです。

こんなことは今までに一度もありません。

私は驚《おどろ》き、あわてました。

案の定、ベルナは下痢《げり》をしました。

もともと胃腸のじょうぶな子でした。いっしょに暮らし始めてから、一度も下痢をしたことがなかったのです。

どんなに工夫して、バケツのふたをしめて出かけてもダメ。帰ってみると、バケツは転がり、ふたは開いているのです。そして中身の生ゴミは台所中にちらかって、さんたんたるものです。

そんな日、ベルナは必ず下痢状態になるのでした。

私は考えました。このままではベルナの命にかかわると。もうすでに笑えるいたずらではありません。深刻な問題です。

でもどんなに叱っても、留守番に不満なベルナはいたずらをやめたりしないでしょう。

いたずらをやめさせるのではなく、ベルナの心を満たしてやれることってなんだろう？

またしても私は、頭が痛くなるほど毎日考えることになったのです。

# お話の会

「そうだ」

ある日のことです。

私は、とてもよい考えを思いつきました。

友だちのMさんの紹介《しょうかい》で、今までに二回ほどベルナといっしょに、子供たちに盲導犬《もうどうけん》のお話をしたことがありました。

小学校と幼稚園《ようちえん》で、その会は開かれました。二回とも子供たちはよく聞いてくれて、とても評判がよかったのです。

そして、小さな子供たちに囲まれて話をする私のかたわらで、ベルナもシットの姿勢でうれしそうに聞いていました。

しかし、ベルナの口の中にできていたポリープを手術することになり、その会は二回で中断されていたのでした。

そのポリープというのは、前歯のところにできていたのですが、みるみるうちに大きくなってしまったのです。そしてだんだん垂れ下がり、口をとじていても、外にはみ出るほどになったのです。

急きょ入院して、手術を受けることになりました。一二歳《さい》を過ぎての全身麻酔《ますい》の手術だったのでとても心配しましたが、無事に乗り越《こ》えました。前歯のあいだにできたポリープのほかにも、四つのポリープが口の中にできていました。

老犬になってからの手術なので私はとても迷いました。手術は成功しても、全身麻酔のためにぼけてしまうことがあると聞いたからです。でも思い切って手術を受けてよかったと思いました。大きく腫《は》れあがったポリープがなにかのはずみで破裂《はれつ》してしまったら、多量の出血で、命にかかわることになったかもしれないのです。

手術は成功したものの、余病が出てはいけない、一日も早く元の体力を、と私の心配はつきません。でも、ベルナはとても元気になりました。大きなたれ目をクルクルとさせて、なにかおもしろいいたずらはないかと暮らしています。

あのお話の会を再開したらどうだろう。

今まで盲導犬のことを理解してもらうために、どれだけ苦労してきたことでしょうか。どれだけいやな思いを味わったことでしょうか。唇《くちびる》をかみしめた、さまざまなことが思い出されます。

知ってもらうことが、理解してもらうことへの第一歩です。

これなら視力のない私と、老いてしまった盲導犬ベルナとでできます。

しかも一〇年以上、現役《げんえき》の盲導犬として働いてきたベルナにしかできない仕事です。

「どうベルナ、いいアイデアでしょう？」

私が顔を近づけると、そうだねというように、ベルナの冷たくぬれた鼻が私の唇をつつきます。これで決まりです。

意気ようようと私は、さっそくぶっつけ本番で、近所の幼稚園を訪ねていくことにしました。

しかし道路に面して、大きな鉄の門が閉まっています。それを開けるのには、少し勇気が必要です。さすがの私も指が震《ふる》えます。

「さあベルナ、いいね。しっかりがんばろうね」

かたわらで私を見上げるベルナも、久しぶりに緊張《きんちょう》しているようです。

その心の動きが、左手で握《にぎ》っているハーネスのハンドルを通して、私の手にも伝わります。

園庭に一歩足を踏《ふ》みこむや、「わーっ」と子供たちがかけ寄ってきました。

「わー、犬だ。犬が来たよー。犬だよー」

まるで蜂《はち》の巣をつついたようです。

「……なにかご用ですか?」

突然《とつぜん》の珍客《ちんきゃく》に、ものすごく緊張した先生の、詰問《きつもん》するような声です。

それを私はにこやかに受け止めます。ほんとうは、どうやって説明しようかしら、来なければよかった、と後悔《こうかい》しているのです。

でもここまで来たら、あとには引けません。

「あのー、子供たちに盲導犬のお話をさせていただけないかと思いまして」

「盲導犬ですって？　このワンちゃん、盲導犬なのですか？」

先生が興味を持ってくだされば、しめたものです。あとは、とても話しやすいのです。

「ええ、来月の行事予定の中に、ご検討していただけないでしょうか。お電話をいただければ、ご都合のよい日にうかがいます」

あとの言葉がスムーズに出てきます。

帰り道は、ベルナとルンルンで歩きます。スキップしたいくらいです。

でも反対に、

「ダメダメ。犬なんかとつぜん連れてきたりして。ここは子供たちがいっぱいいるのですから、犬なんかを連れてこられては危険でしょう。困ります。迷惑《めいわく》です」

と、けんもほろろに追い出されるとき、私はションボリ、ベルナはもっとショボリです。二人とも、トボトボとした足どりで帰ります。
一〇時過ぎです。
私がボンヤリとお茶を飲んでいると、電話がリーンと鳴りました。
待ちに待った電話です。幼稚園の園長先生からの電話でした。
「ええ、喜んでうかがいます」
答える声もはずみます。
そして思わず、私は深々とおじぎをしていました。

## 四つのお約束

約束の日は、あいにくの雨でした。
ベルナはレインコートを着ています。赤いふちどりのしてある、おニューのコートです。

ベルナは得意なのです。今日は幹太はいません。私と二人だけのお出かけです。そのうえ、行きかう人が「まあ、かわいい」とベルナのコート姿に微笑《ほほえ》みます。

門のところで、園長先生がカサをさして待っていてくださいました。

「ようこそ、ベルナちゃん、ごくろうさま」

「犬が来たぞー」

「大きいなあ」

「いやー、怖《こわ》い」

またまた蜂の巣をつついたような騒《さわ》ぎになります。

犬の好きな子は、ベルナに抱《だ》きつかんばかりです。「馬みたいだなー」と、ハーネスのハンドルにつかまり、乗ろうとする子もいます。

子供たちの様子に、私はベルナの引き綱《づな》を短くして、自分のところに引き寄せます。なにをされてもベルナが子供たちに危害を加えることはありませんが、ベルナがケガをさせられたら一大事です。

事前にお願いしていたので、お母さんたちも集まってくださっているようです。声が聞こえます。

「さあ、みんなよく聞いていてよ。おばさんはこれから盲導犬《もうどうけん》ベルナのお話をします」

私がマイクを持って話し始めると、子供たちの声はもうしません。みんなとてもよく聞いているようです。

まず会場に集まったみんなに目をつぶってもらいます。ちょっとですが、目が見えない世界を味わってもらうのです。

そして、どうして私が苦手な犬をパートナーにしようと思ったのかを話し、ベルナと初めて出会ったときのことを話します。

ベルナの口の中に手を「えい、やー」と入れたところで子供たちは息を飲みます。

そして、赤ちゃんが生まれて、寂《さび》しくていたずらをするベルナにクスクス笑いが起こります。「弟や妹が生まれてボクもそうだったよ」と、心当たりのあるお友だちもいるようです。

おりこうなベルナの話に小さな頭はうなずき、感心して聞いているようです。

ベルナといっしょにディズニーランドに行ったり、山登りをしたこともありましたが、そのときの話をすると小さな声が上がります。

「行った行った、わたしも行ったよ」

「ボクだって行ったよ」

子供たちのうれしそうな声です。目をかがやかせて聞いている様子が、私にもよくわかります。左側にダウンしているベルナもうれしそうです。

私は最後にみんなと四つのお約束をします。

一つ、盲導犬と外で出会ったら、勝手に声をかけたり、頭をなでたりしないこと。

二つ、ハーネスにはぜったいさわらないこと。ハーネスは、目の見えない人と盲導犬が心を通わせ、お話をする大切なものです。

三つ、盲導犬にぜったいに食べ物をやってはいけない。見せびらかすような意地悪をしてもいけない。盲導犬はどんなところにも出入りします。だから、ワンとツーのしつけがとても大切です。

四つ、盲導犬がおりこうだからといって、おとなしいからといって、いやがることをしてはいけない。

「おばさんとみんなで約束しようね。この四つのお約束、盲導犬にどこかで出会ったら、忘れないで守るんだよ。さあ、いい？　いくよ」

私は右手の小指を前に出します。

「ゆびきりげんまん、うそついたら――」

「ハリせんぼん、のーます」

かわいい声がいっせいに答えてくれます。子供たちの真剣《しんけん》な声です。

「さようなら、ベルナちゃん、さようなら」

みんなに見送られて帰ります。

「みんなも元気でおりこうにね」

「ベルナちゃんも元気でね」

もう誰《だれ》も、ベルナのことを「犬」などと言う子はいませんでした。

# ○―八章　さようなら、ベルナ―○

## 階段が上れない

ベルナは一三歳《さい》になりました。

お話の会は盛《さか》んで、ベルナはすっかり人気者です。プライドが満たされたベルナは、いたずらをする回数も少なくなりました。

しかし、老いはますます深刻に進んでいました。朝夕、私は目薬を欠かさずベルナにさしてやるのですが、視力の衰《おとろ》えは止めようもありません。

それに体力的にも、深刻に老いは進んでいました。階段の上り降りがかなりつらそうです。

私の家はアパートの二階です。そして、このアパートにはエレベーターがないのです。だから外出のとき、必ず階段を利用しなければなりません。

「ベルナ、階段はなんとしても使わないと、この家で暮らしていけないんだよ」

私が真剣《しんけん》な顔で言います。

「ベルナちゃん、階段をいやがっていたら、大好きな外には行けなくなっちゃうよ」

小学五年生になった幹太も言います。

それをベルナはうなだれて聞いています。

「どれ、ベルナおいで」

ときおり幸治さんも、いっしょに外出するとき、階段の前で抱《だ》きかかえてくれます。しかし私や幹太では、そういう芸当はできません。

そして一三歳の夏です。

この夏の暑さは、ほんとうにベルナの老いにはこたえたようです。家の中では、冷たいところや涼《すず》しい場所を選んで眠《ねむ》っている時間が、とても多くなりました。

そして、階段はますます苦手になっていきました。気力はあるのですが、脚力《きゃくりょく》がついていかないのです。それも、降りるときより、上るときの方がよりつらそうでした。

外出から帰ってきて、アパートの階段を目の前にして、上るのに思案する時間がかなり必要でした。

「さあ、行くよ」

だから階段を目の前にするや、私はベルナに声をかけるのです。

でもときどき、三段上がっては、力が保ちきれずに、ズルズルと一段落ちてしまいます。毎回励《はげ》まし、元気づけて、たいへんなさわぎでした。

でもベルナも必死だったのでしょうか、バスのステップはなんとかがんばれるのです。それに外出先では気合いが入っているのでしょう。階段もなんとか無事に上り降りできるのです。だから、バスを使っての外出は、まだまだできるのでした。

私は、最悪の場合自分が抱きかかえるのを覚悟《かくご》で、ベルナと外出をします。そうでないと、ベルナの老いがますます深刻に進むように思えるのでした。

## 果物《くだもの》と牛肉が大好き

体力はともかく、ベルナの食欲は衰えを知りません。

私は、朝一番にベルナに飲ませる牛乳を低脂肪乳《ていしぼうにゅう》に替《か》えました。老犬になったのだから、その方が健康にいいと思ったのです。

しかし、それがベルナには気に入らないようです。食器を目の前にしても、いつものようには勢いよく飲みません。においをしばらくクンクンとかいでいましたが、私の顔を見上げながら、あとずさりをするのです。

「どうしたの？　牛乳だよ」

そう言われても飲もうとはしません。

そして、違《ちが》う、違うよとばかりに、冷蔵庫の前にかけていく始末です。私が牛乳パックを取り出すや、それそれ、それだよと言うように、鼻の先で私をつつくのです。

ベルナは果物にも目がありません。リンゴはもちろん、ナシもスイカも大好きです。

毎年秋になると、ナシを一箱送ってくれる古い友だちがいます。みんなナシが大好きなので、秋になるや、届くのを心待ちにしています。もちろんベルナも待っているのです。

「ベルナちゃんにもあげてね」

そういうメッセージ付きで届くのですから。そして、どれどれと私が皮をむくのを、ベルナは大きな目を片時も離《はな》さないで見ています。

ナシが皿にのりました。

幹太の手が伸《の》びます。幸治さんの手も伸びます。

でも、ベルナがこんなに待っているのに、「ベルナもどうぞ」とは言ってくれません。みんなナシの話に夢中になっています。私のこと忘れているんじゃないのと、ベルナは私の腕《うで》のあいだに顔をつっこみます。

「あらあら、そうそう」

私はあわてて、せんべいのように薄《うす》くナシを切って、ベルナの食器に入れてやりました。

スイカのときは、私は忙《いそが》しくなります。

スイカを食べるベルナのスピードが速いのです。急いで自分の口の中にも入れなければ、赤くておいしいところは全部ベルナに持っていかれてしまいます。

ベルナはスイカをとてもおいしそうに食べます。ちゃんと口のはしから種もポロポロと出すのです。

「幹太、種を出さないと盲腸炎《もうちょうえん》になっちゃうよ。ほら、ベルナを見てごらん、上手に食べているよ。それに速く食べないと、みんなベルナに食べられちゃうよ」

だから、スイカを食べるとき、私も幸治さんも幹太も、大あわてで食べるのです。

でもベルナがなにより大好きなのは、やはり牛肉でしょう。

最初牛肉のごちそうは、一〇月二八日の誕生日のときだけでした。

そのうち幹太が大きくなってきて、クリスマスのケーキのかわりに、ベルナの夕食は牛肉になりました。

そして子供の日、幹太がオモチャを買ってもらうので、ベルナも牛肉をもらえるようになりました。

お正月です。

幹太がお年玉をもらうので、ベルナも牛肉をもらいます。そして、ベルナは女の子なので、桃《もも》の節句のおひなさまの日にも。

そんなわけで、ベルナの牛肉を食べる日が増えていきます。

やがて九月一五日、敬老の日もベルナの食器に牛肉が入るようになりました。ベルナはおばあさんなんだからというわけです。

「ベルナちゃんにあげてね」

ときおり、思いがけなくプレゼントが届きます。

ベルナは知っています。いつだって、牛肉は「ガサガサ」というビニール袋《ぶくろ》に入っているということを。だからベルナはビニール袋のガサガサには敏感《びんかん》です。

私とバスに乗ったときです。

私はいつもシルバーシートに腰《こし》をかけます。昼下がりのバスはシルバーシートを利用する人が多いのです。いつも、おばあさんやおじいさんといっしょになります。

おばあさんはたいていビニール袋を持っています。そして席に座《すわ》るや、必ずその袋をガサガサといわせて、中を点検するのです。

ベルナは気が気ではありません。ガサガサガサ。あれ、牛肉だ。すぐに反応してしまいます。私の足もとにダウンしているのですが、ついその音の方ににじり寄りそうになるのです。

「ノー」

私に叱《しか》られてしまいます。

「はい、おみやげね。お家に帰ってから、お母さんにもらうんだよ」

出先で思いがけないプレゼント。

ベルナの足どりは、心持ちルンルンです。今日は牛肉だ、とでも思っているのでしょう。

期待どおり、その日のベルナの食事は牛肉になりました。でも、人間の夕食のメニューが野菜の煮物《にもの》だったりしたら、幹太はブーブーです。

「仕方がないわね。ベルナ、少し幹太にやってね。ひと切れだけだからね」

「ボクがお肉のとき、必ずベルナちゃんにもあげるからね」

ベルナはなにがなんだかわからないうちに、うわまえをはねられてしまうのです。

まだベルナが若かったころには、牛肉は生で食べました。でも老犬になってからは、フライパンで少し焼いてやるようにしました。

家中においしいにおいが広がります。牛肉を焼くにおいです。平和で心はずむにおいです。

## ベルナの家出

ベルナの苦手は花火です。

夏はスイカを食べられていいのですが、花火が始まるとたいへんです。

私の家のベランダの隣《となり》は公園です。

「はなびはしないでください」

そういう立て看板が出ているのですが、夏の夕方、バーン、ドーンと始まります。

それまでグーグーと眠《ねむ》っていたベルナが、その音で眠りから覚めました。

ギョッとしています。

ベランダにかけていきます。怖《こわ》いくせに、見ないではいられないのです。

そして、そしてです。体を震《ふる》わせて戻《もど》ってくるとき、ワン（オシッコ）のおもらしをするのです。それも、怖がってかけ戻ってのワンですから、シャワーのように家中にまきちらします。

後始末がたいへんです。

だから花火が始まるや、私は大急ぎで新聞紙を家中にしくのです。花火が終わるまで、ベルナは何回でもベランダに見にいき、そしてワンをたらしながら逃《に》げ帰ってきます。だから家の中はベルナのワンでベチョベチョなのです。

ベルナの様子を見ていると、私はとても叱る気にはなれません。かわいそうです。

怖がってドーン、パーンというのが終わるまで、大きな体を小さくして震えているのです。

「やめてー、花火はやめてー」

私は公園に行って叫《さけ》びたくなります。花火をすぐやめてもらいたいのです。

しかし楽しんでいる人たちに、なかなか言えるものではありません。

それで私は考えました。花火が始まったら、夕方の散歩に出かければいいと。

これはよいアイデアでした。近所をゆっくり歩いて、花火が終わったころに帰ってくるのです。

ある夜のことでした。

いつものように花火が始まりそうなので、ベルナと散歩に出ました。

そして、もうそろそろ終わりになったかなと、階段をやっとの思いで上がってきました。足をタオルでふいてやり、ハーネスをはずして、引き綱《づな》も取りました。

「さあ、ベルナいいよ。ハウスに入っておやすみ」

私が言ったとたんです。

「バーン、ドーン」

大きな音。

ベルナは体をひるがえすや、まだ開いたままになっていたドアから、一目散に逃げ出しました。

綱ははずしているし、さあたいへんです。階段を転げ落ちたら、道路にとび出して自動車にひかれたら。

「幹太、早く、早く来て！　ベルナが家出したよ、たいへんだよ！」

私の叫び声に、のんびりテレビを見ていた幹太がとび出していきました。

そして、一目散に逃げていくベルナをやっとの思いでつかまえたと、息をゼーゼー言わせながら帰ってきました。

「どうして夏になると花火なんかやるんだろうね。お母さんも花火は大嫌《だいきら》いだよ」

私はそう言って、うなだれているベルナの頭をなでてやりました。

## ガン宣告

一〇月二八日、ベルナは一四歳《さい》の誕生日を無事にむかえることができました。

その日、幹太がうらやましがるほど、おめでとうのプレゼントが届きました。牛肉はもちろん、ナシやリンゴ、季節はずれなのにスイカまで届く豪華《ごうか》さです。それにマドレーヌやカステラ、ケーキとすごいプレゼントです。

「ああ、ベルナちゃんはいいなあ」

幹太の嘆《なげ》く声。

でも私はひそかに思います。一五歳の誕生日はあるだろうかと。

ベルナは元気でしたが、老いはきわめて深刻になっていました。

すでに夏の終わり、誕生日の直前でしたが、バスのステップをかけ上がることはできなくなりました。

でもアパートの階段は、危ない足どりですが、まだなんとか上り降りができます。

だからタクシーを使って私とベルナは出かけます。

ベルナのお話の会はつづいているのです。

そしてお話の会の輪は広がっていきました。幼稚園《ようちえん》だけでなく、保育園や小学校、地域の子供会、学童クラブや児童館。あちこちから声がかかり、ベルナのお話の会は忙《いそが》しいのです。

どこに行っても小さな子供たちに囲まれて、ベルナの太くて長いしっぽは元気よく振《ふ》られます。会を重ねるごとに、盲導犬《もうどうけん》のことをたくさんの人に知ってもらい、理解してもらえて、私もうれしいのです。

毎日の生活の中で、声を張り上げたり、変に肩《かた》をいからせないで理解してもらう。これがいちばんだと私はしみじみと思いました。最後までベルナの大切な仕事にしてやりたいと、私は願っていました。

だからますます健康管理には気をつかいました。

冬の寒い日でした。

ベルナが鼻水をたらしているのに気がつきました。なんとなく元気がないのです。それに、やたらに私にベタベタとくっつきます。

「どうしたんだろう?」

お正月には、お年玉の牛肉をとてもおいしそうに食べたベルナでした。車に乗せてもらう約束になっていたTさんに、少し早目に来てもらって、獣医《じゅうい》さんに寄ってもらうことにしました。

「カゼでしょう。でも、この薬を飲んでも熱が下がらないようだったら、レントゲンをとってみましょう」

そう言われて薬を渡《わた》されました。

でも鼻水も熱も下がりません。あいかわらず食欲はすごいのですが、元気がないのです。

そしてレントゲンの結果が出ました。

ガンでした。

最悪な状態です。

ベルナのお腹《なか》にガンができていたのです。それもすでにかなり大きくなっていて、胃や腸を押《お》して、肺や心臓までおびやかすほどになっていました。

説明を聞いているあいだ、私の体は震《ふる》えて仕方がありませんでした。

獣医の先生がそんな私の様子に、車で家まで送ってくださいました。

「乗せてもらえる車のないときは、無理に病院まで来なくてもいいですよ。電話をくだされば、いつでも往診《おうしん》しますからね。つらいだろうけれど、がんばってね」

車中で先生に励《はげ》まされて帰ります。

その日は、ベルナと同様に、やっとの思いで私もアパートの階段を上りました。

すでにそのころのベルナは、車に乗りこむのもやっとの状態でした。抱《だ》きかかえるようにして車に乗るのですから。

だから、タクシーに乗るときや降りるとき、どうしても時間がかかるのです。スムーズに行動ができないのです。

だからまず車を止めるや、私は運転手さんに頼《たの》みます。

「ごめんなさい、ちょっと手間がかかるけれど待っていてね」

そして降りるときも、やはり同じことを言って頼むのです。

あるとき、乗ったタクシーで、運転手さんが冷たく笑いながら言いました。

「なんだ、この犬。盲導犬《もうどうけん》だって言っても、死にかけているんだ」

「あなた、なにを言うの！　命のあるものにそういう言い方はないでしょう。失礼なことよ！」

私の声は鋭《するど》くとがります。

「犬だもの、なにを言ってもわかるものか」

運転手さんのうすら笑いはつづきます。

「犬だってわかるわよ。まして盲導犬は、それなりのプライドがあるんだからね。乗れば犬だってお客さんだよ。そういう言い方はないと思うけれど」

降りるとき、運転手さんは苦笑いをしながら言いました。

「奥《おく》さんすごいね。オレ驚《おどろ》いたよ。言われてみれば、その通りだけどさ。それにしても奥さんの迫力《はくりょく》にはまいったよ。待っているから、ゆっくりケガのないように降りてよ」

「ああ、ベルナが」

今日はベルナのお話の会です。

二月半《なか》ばだというのに、その日はとてもよいお天気でした。

幼稚園《ようちえん》のお母さんが車でおむかえにみえました。ベルナは張り切っています。

ガン細胞《さいぼう》は動きをやめたのか、このところのベルナは元気です。顔にも体にもめっきり白髪《しらが》が目立ってきましたが、でも食欲はまだまだ十分にあります。あいかわらずの食いしん坊《ぼう》のベルナです。

階段もなんとかまだ大丈夫《だいじょうぶ》です。でもケガをさせては一大事なので、体調の悪い日、私は抱きかかえて階段を使うことにしていました。そしてベルナも、その方がらくちんでいいのか、胸にかかえられておとなしくしています。

「さあ、ベルナ出かけよう」

私はベルナにハーネスをつけます。

ベルナのお話の会も四十数回と回を重ねていました。そして今日出かける幼稚園が、約束した最後の訪問先でした。

ハーネスをつけてやりながら、私の目から涙《なみだ》が一筋こぼれます。

これがベルナにとって最後のお話の会になるね。長いあいだほんとうにごくろうさま。

冷たくぬれたベルナの鼻が、つんつんと私の唇《くちびる》をつつきます。

会が終わって帰るとき、園庭に花道ができていました。子供たちやお母さん、園長先生や先生方の花道です。

「ベルナちゃん、元気でね。さようなら」

小さな子供たちの声。そして拍手《はくしゅ》。

その中を私とベルナは歩きます。

太くて長いベルナのしっぽは、ゆらゆらと振《ふ》られています。

私は空を見上げます。

そこには、目の見えない私にもはっきりとわかるほど、青くてきれいな空がはてしなく広がっていました。

「ベルナ、もうすぐ春がくるんだよ」

かたわらのベルナに話しかけます。

一三年間私と歩きつづけたベルナは、私の影《かげ》のようになってついてきます。

約束したすべてのお話の会をやり終えた日から、ベルナの様子がガタンと悪くなりました。

私もやりおおせたという満足感と、無事に終わったという安堵《あんど》感《かん》を同時に味わいました。気のゆるみがありました。

緊張《きんちょう》の糸が切れて、ベルナの老いを一気に深めたのでしょう。最後のお話の会から一週間もたっていないのに、ほんとうにヨタヨタの老犬になってしまいました。

その日、外出先から戻《もど》った私は、ドアを開けて玄関《げんかん》のたたきに入りました。

ベルナは玄関マットの上に眠《ねむ》っています。私の気配に気がつかないようです。

「ベルナ、ただいま。帰ってきたよ」

背中を静かにトントンとたたきます。

ベルナは目を覚ましましたが、すぐには立ち上がれません。足が空《むな》しく床《ゆか》をけるけれど、自分の脚力《きゃくりょく》で立ち上がることができないのです。

「どうしたの？　大丈夫？　どれどれ」

私が背後から抱《だ》きかかえて力を貸してやれば、なんとか床に足が立って歩けました。

ヨタヨタと歩くベルナの足音。

「ああよかった。ベルナよかったね」

私がそう言えば、ベルナも鼻の先でつついて答えます。

翌日、私はベルナと図書館に出かけました。

お天気もよかったし、図書館はすぐ近所、歩いても何分とかかりません。

土曜日の昼過ぎ、公園にはたくさんの元気な声がはずんでいました。

その公園の垣根《かきね》の外をゆっくりとベルナは歩きます。

あんなに元気ではねまわるように歩いたベルナだったのに、今はほんとうにゆっくりゆっくりと歩きます。

夕方、用件をすませて帰ってきました。

階段は私に抱きかかえられて上がりました。そしてタオルで足をふいてやり、ハーネスをはずし、引き綱《づな》を取りました。

ベルナは、ホトホトとした足どりで家の中に入っていきました。

そしてバタンと倒《たお》れたのです。

ベルナはそれきり立ち上がることができませんでした。

四本の手足ともに、すっかり力をなくしてしまいました。なえてしまったのです。

背後から抱き起こしてやっても、今度はダメでした。

「カサカサ……」

四本の手足のツメが、空しく床をこする音だけが聞こえます。すでに体重を支える能力がないのでした。

「ああ、ベルナが。ああ、ベルナが」

私はベルナの体にとりすがり、声を出して泣きました。

## 寝《ね》たきり犬

またまたベルナの新しい生活が始まりました。

それは新しい生活と言うには、あまりに悲しいベルナの姿でした。

でも私や幸治さんや幹太、それにたくさんの人たちの、温かな手当てと愛情に包まれた闘病《とうびょう》生活の日々でした。

荷物がかたづけられて、幹太が毎晩使っていた布団《ふとん》がしかれました。お尻《しり》の下にはおねしょパットも。

「さあ、ベルナ。ここでワンをしていいんだよ。ツーだっていいんだからね」

私はベルナに言います。

でもベルナはワンもツーもしません。

二四時間が過ぎました。なんとかしてワンを出させなければなりません。

「ベルナ、もういいんだよ。おもらししても大丈夫《だいじょうぶ》なんだから」

私が言い聞かせてもダメです。

「ベルナちゃん、おもらししたって、だあれも叱《しか》らないよ。ボクがちゃんときれいに取り替《か》えてあげるからね」

幹太が言ってもダメ。

寝たきり犬になってしまったベルナは、手足の力と同時に、食欲さえもどこかに行ってしまったのでしょうか。毎日食べていたドッグフードはもちろん、あんなに大好きだったリンゴをすってやっても食べたがりません。

ゼーゼーと荒《あら》い息をしながら、水だけを飲みたがるのでした。

ベルナのお腹《なか》はパンパンにふくれあがりました。

「ベルナ、ワンをしないとダメなんだよ」

一三年間も私といっしょに暮らしてきたベルナは、頭の先からしっぽの先まで「盲導犬《もうどうけん》」です。布団の上でおもらしをするなんてとんでもないと思っているのでしょうか。ガンとしてワンもツーもしようとしません。

獣医《じゅうい》の先生が毎日様子を見にきてくださいます。ベルナを診察《しんさつ》して、私の不安を聞いてくださるのでした。

利尿剤《りにょうざい》が打たれました。

その夜、大量のワンがおねしょパットの上に出ました。

「よかった、よかった。ベルナ、これで少しは楽になったでしょう」

私はベルナのお腹をなでてやります。

「ベルナちゃん、ボクがきれいにしてあげるからね」

幹太が待っていましたとばかりに、パットを取り替えます。

昼間は何人かの友だちが手伝ってくれますが、夜は家族だけでベルナのめんどうを見るのです。

抱《だ》いて寝返りをさせたり、絶え間なく垂れるよだれの始末をしたり。暑過ぎないように、寒過ぎないように、苦しまないようにと、細かな心配りと手当てが必要です。

誰《だれ》もが心を一つにして、ベルナのことだけを考える日々がつづきます。

でも、日に日にベルナの体は弱っていくようでした。

体全部からしぼり出すような、ゼーゼーという荒い息。それが昼となく夜となくつづきます。とても苦しそうなのです。

そういうベルナを見守り、看病するのは、とてもつらくて悲しいことでした。

それにそのゼーゼーが、ある瞬間《しゅんかん》、突然《とつぜん》に止まるのではないかという不安と恐《おそ》れ。

だから、必ず一人、ベルナのそばに付いていることにしました。夜は私がいっしょに眠《ねむ》ります。横になって、ベルナの顔の近くに自分の顔を持っていきます。

一三年間、ともに暮らしてきた生活の中で、ベルナと顔を並べて寝るのは初めてのことです。

横にはなるものの、なかなか眠れません。

「ベルナ、苦しいの？　つらいの？」

なえて力のなくなった手足をなでながら話しかけます。

ベルナはなにも答えてはくれません。

でも、なんとかして立ち上がろうとするのか、投げ出したようになっている手足をわずかに動かすのです。空《むな》しくツメが床《ゆか》をする「カサカサ」という音が、弱々しく夜の静かな部屋に響《ひび》きます。

寂しく、心に響く音でした。

何日もそんな状態がつづきました。

私は、昼夜をわかたずつづく看病に、絶望的なベルナの様子に、重圧感を感じて疲《つか》れはててしまいました。

ついにベルナの体を抱《だ》きしめて言いました。

「ベルナ、もういいよ。つらいんでしょう？　苦しいんでしょう？　もうそんなにがんばらなくてもいいんだよ。お母さんから、さよならしてもいいんだよ。ベルナはほんとうに長いあいだお母さんを助けてくれたね。だから疲れてしまったんだね。もういいんだよ、お休みして。さよならしてもいいんだよ……」

とめどもなくあふれる涙《なみだ》。それまで必死にこらえてきた思いが一気にふき出し、緊張《きんちょう》の糸が切れてしまいそうでした。

しかしベルナはそれでも生きようとしています。寝《ね》たきりになってからは、固形物はぜんぜん受けつけないベルナでしたが、水だけは必死で飲むのでした。プラスチックの注射器から少しずつ口の中にたらしてやると、ゼーゼーと呼吸しながらも、ゴクンゴクンと音をたてて飲むのです。

ああ、この生命力！

ベルナは生きようとしている！

力をふりしぼって生きようとしている！

ここで私がくじけてはいけない。なんとしても最後まで、ベルナの苦しみを共有してやらなければ。

よだれで汚《よご》れた口のまわりをふいてやりながら、私は話しかけます。

「ベルナ、お母さんは、いつだってベルナのそばに付いているからね。がんばろうね」

手足の自由がきかなくなって寝たきり犬になっても、ベルナはやはり盲《もう》導犬《どうけん》でした。用事をしながら家の中を動きまわる私の姿を、いつも目で追っているのです。

「お母さんの方ばかり見ているよ。やっぱりベルナちゃんは心配なんだよ。ボクがお手伝いをしてあげるから、お母さんはベルナちゃんのそばにいてあげてよ」

幹太のやさしい心づかいです。

しかしけっきょく、よくお手伝いをしてくれたのは幸治さんでした。夕食のかたづけやゴミ捨て、洗濯物《せんたくもの》を取りこんだりかたづけたり。こまごまとした用事のお手伝いは一手に引き受けてくれました。

## お別れのとき

寝たきり犬になって六日目の夜です。

ベルナの病状が、今夜は見違《みちが》えるほどによいのです。

布団《ふとん》の上で手足を投げ出し、横になったままのベルナでしたが、いつものゼーゼーという呼吸が落ち着いています。苦しそうな様子ではないのです。

それに、「ベルナ」と名前を呼べば、とてもよくしっぽを振《ふ》って答えます。幹太にも幸治さんにも、力強くバサバサと振るのです。驚《おどろ》くほど反応が良好なのです。

ああ、最期《さいご》のときが近づいている!

私はひそかに思いました。

今まで、ベルナの体は固形物はすべて受けつけませんでした。あの大好きだった牛肉さえ、柔《やわ》らかく柔らかく煮《に》てもダメでした。口からみんな出してしまうのです。リンゴをすりおろして口に入れてやりましたが、やはりダメでした。飲みこもうとはしません。もうそれらを受け入れる体力がないのです。ベルナは水だけで命をつないでいるのでした。

ところが今夜は違います。マドレーヌをほんの少し口に入れてやると食べたのです。わずかに口を動かして飲みこんだのです。

「ああ、ベルナちゃんが食べたよ。マドレーヌを食べたよ」

幹太のうれしそうな声。

しかし私は思います。手放しで喜んではいられない。これがベルナを囲んでの、家族の最後の団らんなのだ。いよいよ最期のときを覚悟《かくご》しなければばと。

ベルナが寝たきり犬になって一週間が過ぎました。

「ベルナ、おはよう。朝がきたよ。新しい朝だよ」

体をふいてやりながら、私は話しかけます。今日のベルナはひときわ力がなく、そして小さくなったように思えました。

いよいよのときがきた……。

私には、なんとなくピンとくるものがありました。でも、それを口に出す勇気はありません。

「ベルナちゃん、ボクが帰ってくるのを待っていてね」

ランドセルを鳴らして、幹太が出かけます。幸治さんも朝のお茶を飲むと、お弁当でふくらんだカバンを下げて出かけます。

いつもの一日が始まります。

今日は私の幼友だちのNさんが、新潟からベルナに会いに出てくることになっていました。

一〇時過ぎでした。汚《よご》れたシーツを取り替《か》えることになりました。

友だちのHさんと二人でベルナの体を動かそうとしたとき、突然《とつぜん》けいれんがおそってきました。

苦しそうです。体をゆらし、顔をゆらして。

「ベルナ、ベルナ！」

私は必死で呼びます。

「ベルナ、帰っておいで。ダメダメ、行ってはダメ！」

けいれんはどれだけ続いたのでしょうか。

私の腕《うで》にかかえられたベルナの体が静かになりました。

「ベルナ、ベルナ。どうしたの。大丈夫《だいじょうぶ》？」

大丈夫だよと言うように、ベルナの乾《かわ》いた鼻は私の腕をつつきます。

つんつんと力なく、弱く、それでも確実につつきます。

そして昼過ぎです。

いっしょにいた友だちが、おねしょパットを取り替えていました。

私は、田舎《いなか》から出てきたNさんの電話に出ていました。

「ああたいへん、ベルナちゃんがたいへんよ！」

二回目のけいれんがやってきたのです。

私は話の途中《とちゆう》で受話器を放り投げました。

「ベルナ、ベルナ、ベルナ！」

胸にかかえて名前を呼びます。

「ベルナ、帰っておいで！　お母さんのところに帰っておいで！」

けいれんは波のようにベルナをおそいます。

苦しそうな様子です。

私の胸の中でベルナの首が大きく三つ振《ふ》られました。

ああ、ベルナがさようならと言っている。

私に、幸治さんに、弟だった幹太に。

ああ、ベルナが手の届かないところに行ってしまう。

抱《だ》きかかえているベルナの体が、少しずつ静かになっていきます。私の胸にある顔は、もうピクリとも動きません。

すべてが止まったような、透明《とうめい》な時間が漂《ただよ》うように流れました。

ベルナは、ちょうどシットの姿勢で、少し横すわりした姿になりました。元気なとき、よくやったかっこうです。

布団《ふとん》に新しいシーツをかけ、その上に寝《ね》かされたベルナは、もはや完全ななきがらでした。最後まで温《ぬく》もりのあった胸のあたりも、すでに冷たくなっています。

　幹太がランドセルを鳴らして帰ってきました。

「幹太、ベルナが亡《な》くなったんだよ。お母さんの胸の中で首を三つ振ったけれど、一つは幹太に、しっかり勉強しておりこうになってね、と言いたかったんだと思うよ」

　私の言葉に幹太のすすり泣きが重なります。

「なんでベルナちゃんは死んじゃったんだよ。ボクが学校から帰ってくるまで、なんで待っていてくれなかったんだよー」

　朝、いつものように幹太がおしめパットを取り替えてやると、ベルナはパタパタとしっぽを振ったのでした。それは弱々しいパタパタでしたが、最後の力をふりしぼって、幹太にさようならを告げたのだと思いました。

　幸治さんも、電話連絡《れんらく》で間もなく帰ってきました。幸治さんはなにも言わないで、ただベルナの頭をなでていました。それが私にはとても印象的でした。

ベルナはとてもよい死に顔になっていました。前足に顔をのせて、まるでお花畑でお昼寝をしているようでした。

「ベルナ、お出かけだよ」――そう声をかければ、今にもむっくり立ち上がりそうです。大きくて太いしっぽを、うれしそうにブンブンと振ってくれそうなのです。

「眠《ねむ》いんだね。苦しくて、よく眠れなかったものね。いっぱいいっぱい休むんだよ」

頭をなでてやりながら、ほおずりをしながら、私はベルナに話しかけました。

大勢の人が最後の別れに訪《おとず》れてくれました。食いしん坊《ぼう》だったベルナの顔のまわりには大好物だったリンゴやチーズ、ミルクなどが置かれました。頭をなでてもらい、ほおずりをしてもらい、ベルナは静かに眠りつづけていました。

その夜の私は、心と体、頭と手足がバラバラになってしまったような感覚でした。たくさんの思い出が一気に押《お》し寄せてきて、新しい涙《なみだ》がまたあふれてくるのでした。

次の朝、目が覚めて、いつものようにベルナのそばに行きました。今日のベルナは、昨日までのように、私の気配に気がついて顔を上げることはありません。

頭をなでて、ほおずりをしてやりながら、私は話しかけました。

「ベルナおはよう、新しい朝がきたんだよ。これから、ベルナの知らないお母さんの一日が始まるよ」

# あとがき

## ベルナのことが大好きなみなさんへ

冷たい空気がピーンと張りつめた二月のある朝のことです。

私はいつものようにアパートのフェンスの塀《へい》の所でペリラのブラシをかけ始めました。

そうしたらどこからかとてもすてきな香《かお》りが漂《ただよ》ってくることに気がついたのです。

早くも春告花の沈丁花《じんちょうげ》のつぼみがほころび始めているのでした。

「ペリラ見てごらんよ。もうすぐ春がくるんだね」

不思議そうな面《おも》もちのペリラの頭を私は微笑《ほほえ》みながらなでてやりました。ベルナが亡くなって八回目の春の訪れももう間近です。短かったようにも、そしてまた長かったようにも思える日々でしたが……。

ベルナが亡くなった時小学五年生だった幹太も、今年の誕生日で二十歳です。

たくましく成長した幹太の姿を見ると、確実に歳月を重ねてきたのだわと思います。

平成六年三月、ベルナが亡くなった時のことです。

私はいつまでも悲しみの涙にくれてはいられませんでした。

ただちにつらい作業に取りかからなければならなかったのです。

ベルナの死に顔を整《ととの》えるために、まだぬくもりの残っている口をストッキングで堅《かた》く結び「ベルナごめんね。痛いでしょうけれどちょっとのしんぼうだからね」

もうこんなこと二度としたくないと、私は心から強く思って、そして泣きました。

小さな骨壺《こつつぼ》に入ってしまったベルナを抱きしめた時、死というこのつらさはもう二度とかみしめたくないと思って、また泣きました。

それなのに、悲しい別れは追い打ちをかけるように続きました。

ベルナが亡くなって三カ月後、六月のことです。

夫・幸治さんが肺ガンのために亡くなったのです。四十九歳のあまりに若い死でした。

小学六年生の幹太の手を自分の手の中に握りしめて、とにかくこの大きな悲しみに耐え忍びました。

幸治さんのお棺《かん》をのせた車が葬祭《そうさい》場から出棺しようとする時、突然雨がさっと降《ふ》ったのです。

「空もパパの死んだことを悲しんでくれているんだね」

父親の遺影《いえい》を抱いた幹太の声に、私のほおに新たな涙がこぼれました。

そして別れの悲しみはこれだけで終わりませんでした。

二番目の盲導犬《もうどうけん》のガーランドが、一年二ヵ月一緒に暮らしただけで急性白血病になってしまいました。

平成七年九月、私と中学一年生の幹太に見守られて、ガーランドも天国へ旅立って行きました。

ベルナの死を手放しで泣き、そして悲しんだ私でした。

夫・幸治さんの死は、母親の自分がしっかりしなければという気持ちだけで乗り越《こ》えた私でした。

しかし三歳二ヵ月のガーランドの死は、私から立ち上がる気力さえ奪い去っていました。

一年六カ月の間に続いた三回もの悲しい別れはあまりに過酷《かこく》でした。

ガーランドのお葬式をすませた日の夜のことでした。

もう生きる勇気さえなくしてしまった私は眠れないままに布団《ふとん》の中にいました。

隣の布団から中学一年生の幹太がふいに話しかけてきたのです。

「お母さん死ぬってさ、ボクたちの所からいなくなってしまうんだけれど……。でも一緒に生き続けているんだよね」

「そうかしら……」

私は言葉少なに答えます。

「パパだって、ベルナちゃんだって、そしてガアだって、死んでしまったんだけれどさ。でもボクたちの心の中にいつだって一緒にいるでしょう」

この幹太の言葉に、はっと強く胸を打たれた気持ちがしました。

平成七年十一月、三番目の盲導犬ペリラとパートナーを組んだ私は、また前を向いて歩き始めました。「ベルナのしっぽ」というこの本を原作としたアニメーション映画をという大きな夢の頂に向かって再出発したのです。日本全国あちらこちらに、共に夢を語り合うたくさんの仲間が出来ました。そして夢はますます大きく拡がって、韓国のみなさんとも共に手をつないでアニメーション映画の夢の頂に立とうとしています。

この度「ベルナのしっぽ」がきたやまようこさんの絵で生まれ変わり、角川文庫の一冊に仲間入りさせていただくことになりました。この新たに誕生したベルナが、よりたくさんのみなさんのお心に受け止めていただけましたならば、そして娘ベルナが、たくさんのみなさんにより愛していただけましたならば……。ベルナのお母さんである私にとって、何よりの喜びです。文庫にするにあたり角川書店編集部原田英子さんにたくさんのお力をいただきましたこと、心より感謝いたします。

平成十四年二月　沈丁花の花が咲いた日に。

郡司ななえ

●本書は平成八年六月、イースト・プレスより刊行されたものを加筆のうえ文庫化したものです。

●「ベルナのしっぽ」アニメーション映画化運動について

著者・郡司ななえさんの活動を応援しているボランティア・グループ「ベルナのしっぽ」を支える会が、「ベルナのしっぽ」をアニメーション映画にして、全国の子供たちに見てもらおうという運動を展開中。アニメ化賛同の署名や「ベルナ通信」の発行を通して、アニメ化への理解と協力を訴えています。賛同の署名は一四万四〇〇〇人を突破し、韓国との共同製作の準備が進んでいます。

問い合わせ先／「ベルナのしっぽ」を支える会

東京都江東区東陽5―4―2―101　〒135―0016

TEL／FAX　03（5606）7125

http://www.asahi-net.or.jp/~sg9t-nin/Berna.htm



●著者のHPアドレスは左記の通りです。

「盲導犬ベルナ　郡司ななえとしっぽのある娘達」

http://www3.ocn.ne.jp/~perira/index.html

# ベルナのしっぽ

郡司《ぐんじ》ななえ

角川文庫 12384

平成十四年三月二十五日　初版発行
平成十四年五月十五日　三版発行

発行者——角川歴彦
発行所——株式会社角川書店
東京都千代田区富士見二―十三―三
電話　編集部(〇三)三二三八―八六八九
　　　営業部(〇三)三二三八―八五二一
〒一〇二―八一七七
振替〇〇一三〇―九―一九五二〇八
印刷所——暁印刷　製本所——コオトブックライン
装幀者——杉浦康平


定価はカバーに明記してあります。



く 18-1　ISBN4-04-364201-6　C0195